叶辛中篇小说选

典 藏 版

玉 蛙

—— 叶 辛 著 ——

中国出版集团 东方出版中心

玉　蛙

　　玉蛙是神奇的，更是神秘的。神秘的玉蛙引出的是罕见的屯堡文化和特殊年代的传统风俗——跳地戏。在爱的荒诞和疯癫中，其实也潜藏着阴谋。

——题记

　　我插队落户的寨子叫雨山屯，挨着有名的雾岚山。山脚下弯弯曲曲地绕着一条清澈的溪河，名字有些怪，叫缠溪。

　　都和水有关系，都带着一点文气。

　　好长的一段时间里，我都不能明白，这地方

穷，又没多少文化，怎么起的地名，却颇有水平。

插队落户的第三年春，也就是一九七一年，好事临到我的头上。根据我的表现，大队决定我去教耕读小学，和我谈话的大队革委会主任兼支书吴仁铭说，雨山屯上的耕读小学，年年都毕业一帮子学生，可已经连续多年，没见娃娃考取中学了。全公社十几个大队，个个大队都办有一所耕读小学，可农中却只有一所。都是贫下中农的子女，都有权利接受教育，招哪个好呢？只有一个办法，就是考试。一考试，雨山屯的娃娃必然名落孙山，一个也考不上。

没办法，娃娃们成绩差呀！

我知道，同时也兼任耕读小学校长的他这么郑重其事地告诉我，表明大队党支部和贫下中农对我的信任，希望我教书之后，再不要剃光头，多少也有几个毕业生，能进入农中。

用他的话来说，哪怕是挤进去几个，也是好的。

在我内心深处，我愈发不解了，为什么多年不出一个中学生的地方，周围团转的地名，却起得文拖拖的，十分的形象？

直到后来碰到了一件事，稍微了解到这一片乡土的历史，我才解开了埋在心头的这一疑团，释去了多时的困惑。

可万没想到，这件事本身，发展到后来，却又成了一个谜。

三十多年了，我从青年步入中年，又由中年走进老年，头发都花白了。想想罢，一个故事延续了人的一辈子，还是不得其解，我终于决定要把它写下来。

看看世人能不能把这一谜底揭穿？

事情发生在赶场天，我到街上去买粉笔、作文本、教学用的大三角尺、圆规，顺便也给自己买点蔬菜、豆腐、童子鸡什么的，晚上好改善一下伙食。哪晓得刚走到场口，就遇到一场纠纷。

一大帮人堵在喧嚣的场口上看热闹,人堆中央,传出一个姑娘尖声拉声的哭叫:"我不晓得,我真不晓得,你们不要逮我,不要、不要呀……"

远远地看到一大帮子人围在一起,我以为一定是赶场街上时常碰到的买卖纠纷,就想绕过人群,直接去办自己的事情。可姑娘的哭叫声使我一下收住了脚,这嗓音不是我的学生吴玲娣的声气吗?听去那么熟悉的。

我向着人堆走过去,使劲往里面挤。

"你不晓得?不晓得也没关系嘛,到了你爹面前,就晓得了。走,跟着我们去耍,耍够了我们一路去雨山屯。走呀,拉起她走。"

好不容易挤进最里层,只见一个年轻力壮的男子,蛮横地一把逮着吴玲娣往大路边的小道上拖。

吴玲娣在使劲挣扎,她怎么用劲,也甩不脱男人的手,于是只得往地上蹲,想借助身体的重量,不让这帮蛮横的汉子拖走。

"你休想耍无赖,给我走!"年轻的汉子改变了一个姿势,一边咧着嘴往人群外拖吴玲娣,一边朝身旁几个汉子使眼色,其中一个留一撮小胡子的粗野汉子,狠狠地把吴玲娣往外推。

吴玲娣虽说已是个大姑娘,可长得抽抽条条,瘦瘦弱弱的,别看她是个农家姑娘,平时在学校里,总是文文静静的,做什么都跟在泼辣的吴仁萍的身后。这会儿,哪里经得住两个粗大汉子的推搡拖拉,她可怜地哭叫着喊起来:"我不去,哪里都不去! 你们救救我呀……"

围观的人群里一阵沉默,大家伙儿只是沉着脸看热闹,没人敢于站出来阻止。我左右环顾了一下,围观的人们都是一副敢怒而不敢言的模样。气氛似要凝滞了。

吴玲娣惊慌地转动着的眼珠一下认出了我,她得救一般尖声叫起来:"华老师,华老师,你快救救我。"

我正想问个究竟，吴玲娣这一叫，我挺身拦住了他们的去路，手一横出去道："松手！你们想干啥子?"

"你少管闲事!"留一撮小胡子的粗汉把我的肩膀重重一推，吼了一声。

"这咋是闲事，"被他这一推，我也火起来，理直气壮地道，"她是我学生，我是她老师。你们要把她带到哪里去？我当然要管!"

"老师？啥子老师，"为首的年轻汉子一把甩脱吴玲娣的手，转脸向着我，怪声怪调一点也不把我当回事地说，"老师和学生年龄差不多，捞猫屎喈！快滚一边去。"

这家伙说的倒是实话，细算起来，我只比吴玲娣大三岁，我二十二，她十九，但她又真是我班上的学生。吴玲娣缩着身子躲在我的身后，抽泣着说："华老师，你救我。"

瞅着她那怯生生的模样，我愈发觉得不能让自己的学生吃亏。我扫了那几个汉子一眼，问:"你认识他们吗?"

"不认识。"

"不认识,你们就想拖起人走,"我抬头怒视着这几个汉子,嗓门陡地提高了,"你们要干什么,抢人啊?"

"是啊,光天化日之下,就想拉着人家黄花姑娘走,简直是强盗行径。"我身后一个中年农民,厉声吼起来。

他这一吼,带动了围观的乡亲,人们你一言我一语地嚷嚷着:

"专政队,不去抓坏人,尽盯着人家漂亮姑娘,你们这是专哪个的政?"

"这么年轻的女娃儿,难道也是地、富、反、坏?"

"无法无天了!"

"今天,就是不能让他们把人逮走。"

"哪能这样子便宜他们,拖他们去派出所评个理。"

"大庭广众面前,调戏人家姑娘,就是要流氓。"

......

人们越说声气越大,越说越觉得气愤,众人齐刷刷站成一排,怒视着几个要野的汉子,一下子把他们的气势压了下去。趁这当儿,我轻轻一拽吴玲娣的衣袖,示意她赶紧隐到人群后头离去。

这几个汉子,见犯了众怒,也不敢多吭声。只是交头接耳地低声说着啥子。待大伙儿讲得差不多了,留一撮小胡子的粗汉才辩白般说:"哎呀,你们硬是管闲事,我们哪是要流氓,我们这是奉命行事,上头关照了的,要带她去问一下国宝情况,抓破案线索。嗳,人呢?"

"算了算了,"为首的汉子一摆手自寻台阶说,"跑得了和尚跑不了庙,跟你们说,这事儿没完。"

说着,一转身气咻咻地走了。

赶场的寨邻乡亲们看着他们灰溜溜远去的背影，不由发出一阵讪笑。

其他的围观者，听清楚没听清楚，我讲不清了。我自己，对那个汉子说到的什么国宝，是留神了一下的。

不过我并不相信他的话，山乡里穷得连吃饭都发愁，哪会有什么国宝啊！赶场回去的路上，我就把这件事置诸脑后了。对于我来说，这不过就是在赶场路上做了一件"路见不平、拔刀相助"的事情而已。严格地说，连拔刀相助也算不上。吴玲娣是我的学生，她遭到外人欺侮，我作为老师，理应挺身而出。

赶场回雨山屯的路上，同行的寨邻乡亲们都在夸我，说今天吴玲娣全亏了我，在众人都敢怒而不敢言的时候，挺身而出。要不然，吴玲娣这姑娘还真不晓得要吃多大的亏。专政队调戏妇女、奸污黄花闺女的传言，也是时有所闻的。

也有人说，躲得过初一，躲不过十五，招惹了专政队，吴玲娣说不定哪天还要有麻烦。

　　不过这话没有说准，以后好长的一段时间里，吴玲娣什么事儿也没有，她天天背着书包到小学校来上课。原先，像她这样大年龄的学生，读书从来都是三天打鱼两天晒网的，自从赶场天那件事情以后，她几乎是一天不拉地到学校里来读书了。为此，我在班上还把她认认真真地表扬过几回。只是，她的成绩仍然很差，交的作业错误百出，测验照旧不及格。我早看出来了，现在她天天到学校里来，纯粹是为了给我面子。十八九岁的姑娘，坐在教室里眼巴巴瞅着我的眼神，已带着浓重的异性色彩，和班上那些十岁刚出头的女娃儿完全不一样。说老实话，吴玲娣目不转睛带着明显的好感听我讲课时，我的目光只要一转到她的脸上，就会心虚地赶紧移开。幸好，在这班上只有吴玲娣和吴仁萍两个大龄姑娘，要不，我心慌的眼光不知道往哪里瞧，真不晓得这个课怎么上下去。

只是，在雨山屯团转，缠溪两岸的村寨上，渐渐传开一些流言，说得活灵活现，在干活路的山坡上、田埂边、晒谷坪的土地庙前头、农舍的火塘旁，大家伙儿都在传说，吴玲娣的爹吴远贤，雾岚山上石碉古堡的看山人，珍藏着皇帝的宝剑。

这宝剑可不是常物，而是价值连城的稀世珍宝，从明代的开国年间传下来，好几百年了。据说它能削铁如泥，拂绫即断，说的是绫罗绸缎轻轻一拂上去，则自动变成两段。人们传得神乎其神，说削铁如泥的宝剑还常见，这拂绫即断的宝剑，才是罕见的。

专政队在赶场天找吴玲娣的麻烦，并非无理取闹，而是想把她逮去关押起来，以独生女儿相要挟，让十分钟爱女儿的吴远贤乖乖地交出皇帝的宝剑。

不过，传归传，雨山屯寨子上，哪个也不曾

见过传说中的宝剑。

上山下乡之前，文化大革命的小道消息传得甚嚣尘上的同时，社会上广泛流传着关于"梅花党"和"一只绣花鞋"的故事以及类似的版本，说得天花乱坠，我是从来不信的。在我看来，到了偏远蛮荒的乡下，"皇帝的宝剑"这一类传言，不过就是城市里编烂的故事的翻版而已，从来没把它当一回事。

春去秋来，又到了收获的季节。早熟的谷子挞上来了，坡上的包谷扳回寨子了，雾岚山下、缠溪两岸，田坝坡土里一派收割的景象。这是乡村耕读小学放农忙假的前夕，已是黄昏时分，学生娃娃们都已欢叫着回到各自的寨子上去，我趁着小学校里难得的清静，正在全神贯注地批着作业本。办公室门口，忽然传来一个柔柔的嗓音：

"华老师。"

我转脸一看，吴玲娣倚着门框，一手提着书

包,两眼睁得大大的,满脸羞涩地望着我,一副
欲言又止的模样。

她的身旁,站着和她同龄的姑娘吴仁萍,扑
闪着一对大眼睛。她们两个,一个文静寡言,一
个泼辣率直;一个苗条瘦削,一个丰满健壮。乍
一眼看,一瘦一胖,特点是很分明的,不过,只要
仔细地多瞧两眼,就会发现,两个人各有姿色,
是那种在赶场天撩人的姑娘。特别是吴仁萍,
一双大眼睛热辣辣地瞅着你的时候,真有点让
人招架不住。

两个大龄学生主动到办公室来找我,这是
我教学生涯里极少有的事情。我急忙离座起身
招呼:"进来坐呀,有啥子事情? 进来说罢。"

吴玲娣迈进了门槛,往里走了两步。吴仁
萍跟着进了屋,却并没往里边走,还是徘徊在
门边。

吴玲娣转脸瞅了吴仁萍一眼,低下头去,脸
上飞起了一片红云,嗓音比往常更低地说:"华

老师,农忙假过后,我就不来上学了。"

"为什么?"

吴玲娣不说话,脑壳垂得更低了,脸色一片绯红,抽抽条条的身子难为情地晃动着。

"她要出嫁了!"门边的吴仁萍嗓门很大地替她解释着,"哈哈,月儿光光,今夜做个新娘……"

"真的?"我尽量掩饰着心中的震惊,淡淡地问,"喜期定在哪一天?"

"九月二十八,"事情说出来了,吴玲娣倒也不觉害羞了,她大胆地昂起脑壳,细细长长的眼睛望着我,"华老师,爹说了几遍,到那一天,请你来喝喜酒。"

我望着她,郑重地点头。在雨山屯,我是老师,尽管只是耕读小学的一个民办教师,拿的也是工分,但是寨子上遇到红白喜事,家家户户,都会来请我去喝酒。有的是学生的老祖祖做寿,有的是学生的长辈离世,也有的是学生娃的哥哥姐姐出嫁或是娶亲。

可是像吴玲娣这样子,学生自己出嫁请我去,我还是头一次碰到。雨山寨上早婚,这在我们的插队落户生涯中,已经司空见惯了。十八九岁的大姑娘出嫁,更不是啥稀罕事。只是,吴玲娣的这回出嫁,还是令我颇觉意外。怎么我事前一点都没听说呢?迟疑了片刻,我才讷讷地说出口:"祝贺你,老师祝贺你。"

"你一定来啊,华老师。"说完,吴玲娣一阵风般,跑出了办公室。

"玲娣,你……"她的这一举动,使得吴仁萍慌得叫起来,"你咋个不等我?"

吴玲娣头也不回地说:"你的事,自家跟华老师说吧。"说完就扭着身子跑远了。

我这才晓得,吴仁萍不是陪同吴玲娣来的,她也有事情找我。我瞧着吴玲娣远去的背影,抬头瞅了吴仁萍一眼,笑着说:"你也有事,说罢,什么事?坐下说。"

"要得。"吴仁萍并不羞怯,她扯过一条我手指的板凳,挨近我坐下,从衣兜里取出一封信,"华老师,我是求你替我写回信的。"

　　"写信?"吴仁萍的个头和吴玲娣差不多,但身子骨明显地要比吴玲娣壮实得多,丰满的脸颊,浑圆的肩膀,胖乎乎的手臂,隆得高高的胸脯,全身上下都洋溢着乡村少女那股健朗的朝气。她在我身边一坐下,我就觉得有些不自然。

　　"是啊。我只有求你了,华老师。"说话间,吴仁萍伸出手去,把办公室的门掩上了,"我晓得,你写过这种信的。"

　　她一说请我写信,我就明白了,她要我替她写的是什么信。插队落户的这几年间,时有即将出嫁的姑娘,或是在嫂子、或是在同伴的陪同下,找到知青屋,来请我写信。那信的内容,多半都是对男方提出的娶亲要求的答复,写起来并不复杂。但提笔为自己的学生写一封这样子的信,我还从未遇上过。

"让你好好学习，好好学习，你就是不学好。"我忍不住摆起了老师的架子，对她抱怨一般批评起来，"现在好，这么大年龄了，读到五年级，连封信也不会写。你看你……"

"哎呀，华老师，你咒得我脸都红了。"吴仁萍一把逮住我的手臂摇晃着，"不是早和你说过嘛，我脑壳就是笨，不会读书。再说，嫁都要嫁人了，读书又有啥子用。"

她这么说，我还能说什么呢。

"行啊，把男方的信让我看一下吧。"我伸手接过她递来的信，展开信笺，就着窗户透进来的光线，读了起来。

信寄自县城城关镇的朗巴寨，显然也是男方请人写的，字的笔画功架一望而知是练习过毛笔字的，那行文的语气，还文拖拖地带着文言意味。意思是极为简单明了的。信上说，自从到雨山屯来取得了吴仁萍表示同意的信物，一副绣着鸳鸯的袜垫，真是满心欢喜。经同父母大人商量,男方全家希望能尽快举行婚礼,现定于腊月二十八日这个黄道吉日前来雨山屯接亲。之所以定在春节之前,是为了喜上加喜,真正地成为双喜临门。望吴仁萍在收信以后,看还有哪些要求,尽快给个回音。以便男方家中按照自古以来流传下来的婚俗,尽可能做好充分准备,满足女方家庭的要求。

看信的时候,我陡地嗅到一股浓郁的野菊花的气息,转脸望去,只见吴仁萍也把脸凑近过来,看着我手中的信。她的后脑壳上,插着一束醒目的野菊花,那花香和姑娘身上的气息混杂在一起,幽幽地散发着一股素馨,好闻极了。

我镇定着自己,把信往桌面上一放,故作平静地说:"说吧,咋个写?你先把意思说一说。"

说着话,我已把男方的称呼写下了。高自兴:你好!

"是这样,"吴仁萍抿了一下嘴唇,眼睛往额颅上翻了翻,像平时站起来背书背不下去一样,讷讷地说，"结婚的日子，我家爹妈说，还是定在正月十五元宵节为好，再说，我还要在雨山屯和父母好好过一个春节哩，在元宵接亲，不也一样是双喜临门嘛。不过，在来接亲之前，还得按规矩送来灯草呢衣裳四套，颜色不能一样，皮鞋两双，厚薄毛线衣四件，呢子大衣一件，花袜子十二双，对了，最要紧的是，还要现金二百元，一定要事先派人送到雨山屯来。上面这几条，若有一条做不到，元宵节是接不成亲的。华老师，你一定得把这点说明白。"

吴仁萍一把逮住我的手，郑重其事地说："千万别把这一点漏了。"

"还有吗？"我停了笔，转脸问她。

"没得了，就是这几条。"

"我已经写完了。"

"你哄我，我才刚刚说完……"

"不信你看嘛。"

"我看，我看。"她说着话，双手逮住我持笔的手臂,把脑壳凑到桌面上来,手指尖点着信纸,一一看着我写下的字,结结巴巴地读着,整个身子几乎挨在我的胸前。后脑壳上的那束散发着清香的野菊花,在我的眼前一颤一颤的。我的心别别剥剥不自然地跳荡起来。她那劳动少女结实的后背,厚实的肩膀,发根下面洁白的颈项,全在我眼前充满诱惑地晃动起来。我的手忍不住轻轻地按在她的背脊上。

"华老师,"吴仁萍的叫声惊得我赶紧移开了手,不知所措地望着她。哪晓得她仰起脸,大睁着双眼,直瞪瞪地瞅着我,仿佛啥子感觉也没有地对我说:"你当真全写下了呢,真快!哪,你把信封也给我开了吧。"

没想到她根本浑然不觉。我镇定着自己,笑着摇头道:"要依我的心思,我就不写这个信。"

"为啥子?"

"你这哪像是和人家商量婚期的信啊,简直

20

是在给男方开要钱、要物的催款单。"

"没关系,他们家出得起。"她大咧咧地说。

我随意地开着玩笑:"那他们家是大财主啰。"

"财主倒不是,不过他们家有祖传的手艺,会雕石头,多少能找几个活路钱的。"

"雕石头?"

"是啊,你没听说过? 城关朗巴寨那一头,专门出一种适宜刻章雕物的石头,来钱得很!"

"那你也不能乱要啊。"

"哎呀,华老师,跟你说不清,雨山屯的姑娘,结婚前都这么要啊!"吴仁萍眨巴着眼睛,不无怨尤地说,"都说,这是当姑娘时最后一次开条件了,不把要穿、要用、要花的都写上,嫁了过去,就再也要不到了。"

我望着吴仁萍一脸坦诚的神情,不由叹了口气,怜悯中夹杂着不解:"我以为,山寨上姑娘们的爱情,也像她们的为人一样,纯朴、真诚、圣洁……"

"哎唷唷，真诚、圣洁，你说哪里去了呀，华老师，"吴仁萍不悦地一白眼，学着我的声调，语气变得怪怪的，"嫁人就是嫁人，啥子爱不爱的，那不让人笑落大牙。"

"这么说，"我诧异地瞪大了双眼，"你和人家在谈婚论嫁，却并不喜欢人家。"

"能喜欢上，那就好了。"

"这话咋个说？"

"我就只晓得他是个男人，脸貌还过得去。"

"光这样，你就和人家商量婚期？"

"这你就不知了，"吴仁萍叹了一口气，她嘴里喷出的气息，全拂到我的脸上，我瞅着她，第一次看见这个总是活泼快乐的姑娘，眼里闪烁着忧郁的神情，"我这个男家，在县城城关，离县城很近的，男方爹因为有石雕手艺，调在县城商业局下头一个什么单位工作，其实就是手工作坊罢。娘呢，是菜农，主要是种蔬菜，收入也要比我们雨山屯这山旮旯强。我这门亲事，还是他们托县城里我的舅舅串线攀上的呢。"

"可恋爱结婚，互相之间，总该有点点了解吧。"

"所以就使劲开条件啊。"吴仁萍不悦地说。

我有点明白过来了问："那么，吴玲娣呢？她很快要出嫁了，她对未来的那个丈夫，怎么样呢？"

我不便在吴仁萍面前说爱不爱的字眼了。

"哎呀，华老师，你这人就是弯酸多。实话告诉你，她的情况不比我好到哪里去。她说那个男人三棍子也打不出一个屁，她又不会讲话，两个人要结婚了，总共也还没讲过几句话哩，真正急死人，她只要一想起这点来，就浑身起鸡皮疙瘩。"

"那她还愿嫁过去？"我大惑不解了。

"她这回出嫁，是快得出奇。"吴仁萍舔着嘴唇说，"以往讲起来，她总是说，我出嫁在前，她嫁人在后。"

"那咋个?"

吴仁萍瞥我一眼:"你没听说吗? 华老师。"

我摇头道:"没听说啥呀。"嘴里这么说,我脑子里却想起了那些关于皇帝宝剑的传说。

"是她爹怕出事,怕玲娣遭罪,才匆匆决定的。"

我心中明白了,叹了口气说:"出嫁是早晚的事。可总该找个心里中意的人啊。"

"有啥子办法,"吴仁萍大大的嗓门一下子低落下去,隆得高高的胸脯在起伏,眼睑也垂落下来了,"命呗!"

"那么,"我极力想要理解这些天天相处、原以为很熟悉的村寨上的姑娘,"你们,你们当姑娘的,就不会自己喜欢上一个人,就不会……"

"咋不会? 你把我们当憨包啊,你真以为我们只会下死力气干活啊!"

"那喜欢上了咋个办呢?"

"你说呢，"吴仁萍抢白一般说着，陡地离座起身，走到门边，重重地把门闩"咚"一声闩上，继而一阵风般扑回来，双手使劲地搂住我的脖子往她脸前狠狠地扳过去。

　　"就这么办！你敢么？"

　　这真是太突如其来了，我心慌地想挣脱她的搂抱，她整个身子贴在我的身上，红扑扑的脸颊直往我的脸上贴来，嘴里激动地呼呼吐出来的热腾腾的气息，整个儿笼罩了我。

　　我的眼睛里闪动着金星，直觉得她的笑容充满了诱惑，她的身上洋溢着芬芳，她依偎在我怀里的感觉是我从来没有感受过的，真是又美妙又令人惶惑，我情不自禁地在她的脸颊上轻轻地吻了一下，那红中泛着一层黝黑光亮的脸颊竟是那么的柔润诱人。我真不想放开她，吻她第二下的时候，这个泼辣、直率的姑娘，显然还不习惯这样的亲昵，大睁双眼瞪了我一眼，遂而羞涩地埋下了脑壳，直把脸往我的怀里钻。

我轻轻托起她的下巴，笨拙地亲吻着她的嘴唇。她抬起头来，黑亮的眼睛闪烁着瞥了我一眼，又迅疾地垂下了眼睑。起先是被动地、紧张地接受着我的吻，我吻得她久了，她的双唇渐渐地有了回应，气喘得愈发粗了，身子也扭动起来，我们热烈地亲吻着，恨不得两个紧搂在一起的身子永不离开。

那一刻，人世间的一切都不存在了。我的眼睛里，只有吴仁萍这个活生生的、充满朝气和灵性的姑娘。

我记不得我们忘情地亲吻了多久，只觉得乡村小学校办公室里的光线晦暗下来，远远地传来农民们吆喝着耕牛回归的声气。

于我来说，这是成人以后和异性之间的第一次亲吻，我相信出身于雨山屯乡间的吴仁萍更是这样。故而我们会忘乎一切地久久拥吻，深深地陶醉在初吻的甜蜜和幸福之中。

也正是因为初吻，我们仅仅停留在亲吻和

拥抱阶段,始终没有逾越到更深的阶段。

"你咋个会喜欢上我呢?"借着黄昏时分淡弱的光线,我凑在吴仁萍的耳边低声问。由于过分激动,我说话的声气都在颤抖。

"就你是个憨包!"她张嘴用的就是责备的语气,"连这都看不出来。你以为我就那么喜欢读书啊,我都十九岁了,啥子都读不进去了。我到小学校来,就为的是能看见你、听你讲话,你讲啥子都不要紧,只要是你在讲就成了。有好多次,我在课堂上瞅着你,就看见你的嘴巴在动,说些啥子我根本不晓得。"

"你呀。"我又惊又喜地叹息了一声。

"只我一个超龄的大姑娘天天来读书,我怕难为情,"吴仁萍还在照着自己的思路往下说,"就使劲拽着吴玲娣来,她呀,也是个木瓜脑壳,读不进书,一直是三天打鱼两天晒网的。不过,自从赶场天你救过她之后,她愿意天天来学校了,她说你不光有知识,细心,讲的课好听,还真

27

是个好人，来学校为的是不让你伤心。"

原来是这样！

不过我细细一想，吴仁萍讲的又都是实情。雨山屯小学校四十几个学生，三十来个是十一二岁的娃娃，还有十几个，都是留级生，有留过一年级的，也有留过二年级、三年级的，但是留得再多，包括两个十六岁的男生，都还长着一张娃娃脸，是孩子。惟独吴仁萍和吴玲娣，一看就是发育成熟的大姑娘了。初教她们时，我只以为她们至少是想要一张小学的文凭。哪里想得到，会是这么回事呢。

"你呀，真会装，装出一副一本正经、不让人接近的模样。"吴仁萍嗔怪地说着，伸手狠狠地揪了一下我的鼻尖。

我俯下脸去吻她，却不敢看她的眼睛，只是讷讷地说："我哪里装呀，上课的时候，我都不敢往最后一排瞅。"

"为什么?"她的双手勾住我脖子，兴味浓郁地问。

"目光扫过来,一眼看见的,就是你睁得大大的眼睛,像会说话。还有……还有……"

"还有啥子?"

"你隆得高高的胸脯,和其他学生都不一样。"

"还是被你看出来了呀,跟你说,我也嫌它鼓得高,里头穿了件紧身小袄,勒得紧紧的,拼命要把它压压平。"

"勒得痛吗?"

"不痛,就是不舒服。"

我在她的胸部轻轻抚摸了一下道:"以后别再勒了。"

"不行的,不紧紧勒住,胸脯子就鼓得老高。"她的手抓住我放在她胸口的手,却没强行要把我的手移开。

"让它高好了。"

"高了,寨子上的人们要骂。"

"有什么好骂的?"

"妖精啊,骚狐狸啊,破屁股啊,啥子难听,他们就骂啥子。"

"不要理他们。"我又一次贪婪地吻着吴仁萍丰满的嘴唇。

天擦黑了,办公室内更显得幽暗。坐落在寨子外头的小学校里,静谧得只能听见我们之间带点局促的呼吸。

我的心中像有魔鬼作祟似的,贴着她胸脯的手不安分地移动着,试图解开她的贴身小袄。

陡的,她的手猛地压住了我的手背,呼吸也变得粗重急促起来。我也随之一阵紧张。小学校外头,一阵的笃的笃的马蹄声由远而近清晰地传来,遂而说话声音也传了进来:

"嗳,我说,吴远贤嫁姑娘的酒,咋个说办就办了呢?"

"人家办,去喝就是啊。"

"你没听说些啥子吗?"

"闲言碎语的，不足信。你想嘛，吴远贤穷得无奈，嫁姑娘也拿不出多少陪嫁，他哪里会有啥子国宝。嘿，还说是皇帝的宝剑，都是瞎胡扯。"

"嗨，都说他穷，寨邻乡亲们都来鼓动他，穷也要来个穷欢乐，好好地热闹一番，你听说了吗？"

"噢，我倒还没听说。准备咋个穷欢乐呀？"

"他啊，还会有什么法子，终归是老办法，跳地戏啰！"

"那也好啊。"

……

说话声随着马蹄声，渐渐远去，消失在雨山屯方向。我听得出，这是雨山屯寨子上两个老汉在遛马回寨子路上的对话。

这当儿，我和吴仁萍敛声屏息地相对站着，她的双手始终紧紧地压在我的手背上。长时间的沉默，使得我们无形中产生了一种心照不宣的默契。

当确信两个老汉走远了,我的手又不安分地想要解开她的贴身小袄。她一会儿不让我的手乱动,一会儿又松开手装着浑然无觉。

只是,不论我怎么使劲,就是不知如何才能解开她勒得紧紧的贴身小袄。

办公室里黑得啥都看不见了,她笑了两声,态度坚决地在我的手背上拍了两下说:"你还要干啥子?"

我凑近她的耳畔悄声说:"我想看……"

"今天不成,"她一边拒绝我,一边张开双臂,以一个热烈的拥抱搂着我说,"下回吧。喝吴玲娣的出嫁酒那天,你到我家去。"

说完,不等我再说什么,她动作敏捷地一缩身子,快速地一个转身,利落地抽开门闩,消失在办公室外头的黑夜中。

我倚在办公桌旁,呆痴痴地站了好久。这一切,来得太突然了。难道说,这就是我曾经在冥冥中盼望憧憬了好久的爱情吗？

怎么和想象中的完全不一样。

办公室里一片幽黑，惟独桌子上有一片白，那是信封、信笺，吴仁萍跑得过于匆忙，连桌子上的信也忘了拿。

姑娘出嫁，小伙子娶亲，在山寨上是件大事。家中再穷，也要隆重热烈地闹一番的。

且不要说在雨山屯、岚山屯团转人缘和口碑都很好的吴远贤嫁姑娘了。

吴玲娣的家居住在山湾湾那边的岚山屯上，离开雨山屯约摸二三里地，从清晨起，从岚山屯那头，就不断地传来时而高亢、时而尖锐的唢呐声，给晚秋的山野带来了一股喜气。

小学校放了农忙假，寨子上有大喜事，不需要出工，我在时高时低的唢呐声中，足足地睡够了懒觉。说是睡觉，其实并没有睡着，只是躺在床上，睁着眼睛想心事。

当事情突如其来地发生的时候,我沉浸在和吴仁萍亲昵的欢悦之中。而事情发生过后,一回想起这件事的过程,我总觉得这不像是真正的爱情。在这之前,我感觉到她是一个有吸引力的姑娘,和她相处有些拘谨、有些不自在,但我并不爱她,就如同和吴玲娣接触时一样。没有感情基础,却在冲动之下发生了亲昵的举动。这么发展下去,如何得了?吴仁萍是个已有男家的未婚妻,这在雨山屯是众人皆知的事实,我从中横插一脚,算个什么事?

逢场作戏。

一想到我和吴仁萍已经发生的亲昵,这四个字就会浮上我的脑壳。尽管事先我没想到,可人家一听说这件事,必定会这么说。传开去,我这个乡村教师的脸面往哪里搁?我还怎么在寨子上生活下去?影响一坏,我如何上调?这么一来,我这辈子不就全完了吗?!

每每想到这儿,我就冷汗直冒,告诫自己得

及时刹车。农忙假后重新开学，我一定要克制自己，决不和吴仁萍单独待在一起。首先，当然就得在喝吴玲娣出嫁酒这天，把握住自己，不到她家里去。

想是这么想，可在夜深人静，我一个人独处时，仍会情不自禁地想到吴仁萍的模样，想到和她接吻拥抱时的甜蜜滋味。每到这时候，理智和情感就交织在一起，使我处于一种不知所以的地步。

今天要到岚山屯去了，我既怕遇到吴仁萍，心里却又巴望着能见她一面。

吴玲娣的出嫁酒安排在晚上，可从下午三四点钟开始，酒席就开吃了。虽不是秋阳明丽，但也没下雨，是贵州山乡里的老阴天。说实话，老天已经算是帮忙的了，阴天，酒席照样可以安排在院坝里，若是下了雨，酒席只能安排在屋头，那么，一批一批地吃，只怕是从中午吃到半夜还完不了。雨山屯上贫穷，家家户户天天过的都是粗茶淡饭勉强维持温饱的日子,吃筵席就是大人娃儿都关切而又欢天喜地的一件大事。

虽说是耕读小学的教师,在雨山屯团转的村寨上,我还是很受尊敬的。到吴远贤家厢房的礼桌上交了礼金,看着接账的乡亲用毛笔在我的名字后头写上礼金十元的字样,在一片拖得长长的吆喝声中,我就被引进堂屋,在正桌的上座入了席。

和我同桌而坐的,是雨山屯大队的支书兼革委会主任吴仁铭,算是吴仁萍同宗同族的堂哥,还有寨子上的大队会计、民兵连长、雨山屯下面几个生产队的队长和两三个上了年纪的老人。在雨山屯,这是最体面的一桌人了。我被安排在吴玲娣的爹、瘦长脸的吴远贤的身旁,和众人打过招呼,我就表示要去看一下自己的学生吴玲娣,既算是送亲,也算是告别。过了今晚,吴玲娣就要嫁到那个她并不爱的男人家里

36

去了。

　　吴仁铭先朗声表示应该去看看，其他人也连连点头，吴远贤带着歉意堆起笑容道："那就请诸位稍等片刻，我陪华老师去去就来。"

　　于是我离席跟着吴远贤向吴玲娣的闺房走去。转出贺客们人声鼎沸的堂屋，吴远贤一把逮住我的手，悄声地却又是不容置疑地对我说："随我到这屋头来。"

　　说着他随手推开了一扇门，我还没闹清他带我进的是什么地方，已经随他走进了一间幽暗的小屋。门一关上，小屋里更显晦暗。吴远贤凑近我的耳畔，用庄重的语气道："华老师，明天一早，小女送亲出寨子，就请你到雾岚山石碉来找我，有要事相托。可行？"

　　我顿觉这事儿有些非同寻常，马上点着头说了一个"行"字。

　　话音刚落，吴远贤一双手重重地落在我的双肩上，轻轻地拍了两下，不再说一句话，带头走出了光线淡弱的小屋。

吴玲娣在她的闺房里嘶声哭泣,参加过多次乡间的婚礼,我晓得这是雨山屯乡间的风习,姑娘出嫁的时候,都要喜极而泣,表示对娘家的依恋和感情。我随着吴远贤走进去的时候,有人告诉她,华老师来看你了,吴玲娣的哭声停顿了片刻,她抬起哭得红肿的双眼,瞅了我一眼,轻轻地喊了我一声:"华老师。"

一房间都是陪着她的姑娘媳妇,有人还嬉笑着叫,好年轻的老师啊。我心里晓得这婚姻不顺吴玲娣的心,什么话也说不出来,只是象征性地点了点头,遂而转身向外走去。奇怪,没在吴玲娣的闺房里见到吴仁萍,我心中还有些隐隐的失望。

她让我今晚去她家,哪时去,怎么个去法,她都没细说。这姑娘,真是个粗枝大叶的人。

这么想着,刚走出吴玲娣的闺房,迎面撞在一个人身上,我不觉一怔,对方先哈哈大声笑起

38

来:"华老师,你来喝吴玲娣的喜酒了呀!"

我定睛一看,正是吴仁萍。我急忙点头:
"是啊……"

"我陪玲娣一整天了,她哭了一整天,你这
当老师的,也不晓得来安慰安慰学生,真是的。"
不待我讲完话,吴仁萍就拉开嗓门责备起我来,
"好了,吃过晚饭,我这伴娘的事儿就算完了。
你多耍一会儿啊。"

说完,她一个劲儿朝着我眨眼睛。

我向她点头,心头直猜测她这是什么意思。

"你又装出一本正经的老师样子来了,"吴
仁萍不满地瞪了我一眼,"跟你说,开完席,真好
玩呢!"

"玩啥子?"我不由得问。

"跳地戏。"

"啥子……叫地戏?"我只听说过这名称,还
不知是啥子事呢。

"哎呀呀,跟你这木瓜脑壳说不清。"吴仁萍

摆着手说,"你自家问吴大叔罢,准保让你玩得一辈子不会忘。"说着,吴仁萍笑着进了闺房。

我把脸转向吴远贤。吴远贤的声气放得很低,抿了一下嘴说:"一辈子嫁一回闺女,让满寨的乡亲乐一乐,也好记得小女出嫁的热闹场景。不过,得等过了半夜,才跳得起来呢。"

我说,既然好玩,又能开眼界,我就有耐心等。

"你愿意多待一阵,自然好啰!"吴远贤欲言又止地说着,指指堂屋那一头,提醒我到了酒席上,不要提跳地戏的事。

我一口答应。

吴远贤嫁姑娘的酒席,菜肴凑得实在是很丰盛的。荤荤素素,连汤带水,蒸的、煮的、炖的、炒的、炸的,鸡、鸭、鱼、肉都有了,满院子都弥散着诱人的香味,逗引得黄狗、黑狗、白狗都在乱窜。坐在席上,一一吃过来,足有十七八个,可寨邻乡亲们往常的日子,都是包谷饭老巴菜,没啥油水,难得逢一回喜事,都在敞开肚皮吃,往往一个菜刚端上来,众人的筷子雨点般地下去,一会儿就盘子见底了。每桌一瓶六十度的包谷烧白酒,我喝一小盅就红了脸,难得喝酒的老乡们,哪里肯轻易放过我,他们一个一个端着酒杯走到我这个老师跟前来敬酒,带着点诚意、也带着点嬉闹的成分,非要我把小酒盅里的那点点酒喝下去。我这一桌人,都是雨山屯上有头有脸的人物,我岂能喝了这一个的,不喝那一个。于是乎,一小盅一小盅,一杯一杯喝下去,我就喝得有了点醉意。脸上红潮潮地发烫,心跳得怦怦响,人轻飘飘的有一股发酒疯的欲望。

一桌酒吃下来,人比走进岚山屯时兴奋多了。

退了席,后面还有一轮,我不能在堂屋里久坐,于是便带着浓浓的酒意,在岚山屯寨路上转悠着,寻思着走一条宽敞点的大路回雨山屯去,不要在小路上摔下田埂。

退席的时候，鬼使神差一般，我特意转到吴玲娣的闺房附近去倾听了片刻，奇怪，竟然没有听到吴仁萍的声气。估摸着她独自回家去了，我才转到寨路上来的。走了一阵，我也没转出岚山屯寨子，相反，冥冥中像有人暗中指点似的，我朝吴仁萍家这一头走来。可真远远看到了她家的屋脊，逐渐走得离她家近了，我又犹豫起来，万一她仍在吴玲娣家帮忙，没回家，我撞见了她家的父母，该说些啥呢？

这样子想着，我的脚步迟迟疑疑的，放得特别慢。正在瞻前顾后、不知所以的时候，寨路上传来一个姑娘的嗓音："吴仁萍，你吃晚饭没得？"

"吃了。"

"忙慌慌地到哪里去啊？"

"回屋头去歇一会儿，半夜好去看跳地戏啊。"吴仁萍叹了一口气，"嗨，从早陪到黑，我两只脚杆都站酸了。"

"那你歇歇又来啊。"

"要得。"

问话的姑娘去远了,吴仁萍的脚步清晰地传过来。

不知为什么,一听到两个姑娘的说话声,我下意识地隐身在坝墙的阴影里,不想让那个姑娘看见我的身影。

吴仁萍走近我,我从隐身的坝墙边闪出来,轻声招呼:"吴仁萍。"

"华老师,去我家坐。"吴仁萍的声气也放得低低的,她好像早有考虑,"跟着我来罢。"说着,她在前头疾步走着。

"嗳,"我小声地问她,"你家屋头有人吗?"

"没得,"她有些不耐烦地悄声答着,"他们正轮到吃下一轮,今晚上,连狗儿都不拢家。"

跟着她走了两步,我又觉得不妥了,她家什么人都没有,我们去了,那不该发生的一切,不是都要发生了吗？

"要不，我们就在寨路上走走，说说话吧。"我试探地朝着吴仁萍的后脑勺说。

吴仁萍就像没听见我的话一般，疾步往前走，我正在不知所以，她陡地站停下来，转过半个身子说："你以为雨山屯是城市，两个人可以待在一起讲恋爱啊。跟你说，只要我们这一走，让人撞见了，比待在屋头更糟。"

"那么……"

"不要说了，没人看见，快跟我走罢。要到了。"她不由分说地抢白着，大步往前走去。

我惶惑不安地望着吴仁萍晃动的身影在前头走，自己在后头跟着，拉开一点距离。

吴远贤家的喧嚣和热闹渐渐听不见了，连那尖锐的有些刺耳的唢呐，大约也吹累了，不再像白天一样一曲接一曲地吹着。吴仁萍的身影一晃进了她家的院坝，我放快了脚步，走近她家院墙边时，听见她推开了自家槛子门的吱嘎声。

在这静夜时分，哪怕是一点儿声响，都是惊心的。

走进她家院坝，我的心别别剥剥地跳得凶起来。我晓得进了她家，会发生些什么，几天里，理智曾经提醒过我的一切，全被我抛到了脑后。想起来的，全是和她迷醉的热吻，忘乎所以的拥抱，还有她醉人的富有弹性的身上少女的青春气息，她激动不已的喘息，她约我去她家时那肯定的不容置疑的语气。

我穿过她家院坝，迈步上了台阶，刚走进她家半开着的槛子门，眼睛还没适应屋里的黑暗，吴仁萍就扑了上来，两条手臂紧紧地搂住了我的脖子，呼呼喘着粗气的嘴就贴在我的嘴上："华老师，我盼你。走都走拢家了，你咋可以说不来啊！"

"呃……"面对她有些抱怨的语气，我说不出话来。由于她的动作太猛，我一下子靠在门上，门"嘭"的一声合上了，发出刺耳的响声。我和她不由得都紧张地愣怔了一下。当确信周围仍是一派静寂时，我们又情不自禁地紧抱在一起。

我俯下脸去吻她。她把嘴张得大大的，接受着我吻的同时，也在热切地回吻着我。她嘴里呼出的气息热腾腾的，还带着浓重的酸辣味。我拥抱她时，她在我的怀里使劲地扭动着，一边向后昂着脑壳，一边重复着："华老师，我好想你。"

"胡说，"我故意说，"我进了岚山屯，到处找也不见你。"

"我早看见你来了，你坐席上吃饭时，我从吴玲娣屋里悄悄跑出来好几回，看你在不在。"吴仁萍不断解释，"你们散了席，我胡乱刨点饭，就在玲娣家里外四处找你。"

我相信她说的是真的，又用一个吻，封住了她的嘴，不让她解释下去。她愉悦地轻轻哼一声，我抚摸着她隆得高高的胸部，只觉得万分激动。我脑壳里闪现出一个自圆其说的念头,她是愿意的,她是心甘情愿和我相好的,我也喜欢她,这就没啥子不道德。

她的腰肢扭动着,哼哼声从鼻孔里发出来。我轻柔地探摸着她,把手伸进她的衣襟,她把脸贴着我,在我耳边喘喘地说:"华老师,你的手上有电,带毒的电。"

我从来没听到过这样的形容,轻问着:"你不舒服么?"

"哦不,我……"

我又试图解开她勒得紧紧的贴胸小袄,她一把逮住我的手耳语说:"走,到我屋里去。"

说着,她摸黑重重地闩上门,一只手拉住我,拐弯往里头走去。

她的屋里更为幽黑,乍一进去,我什么也看不见,只是和她狂吻着,倒在床上,我的手又摸向她的胸部,不知什么时候,她已把勒得紧紧的小袄解开了,我的手一下子摸住了她那鼓得高

高的柔软而又饱满的胸部,带着一点惶惑,一点紧张,一点狂喜和从没体验过的舒适,不住地抚摸着她,她嘴里也不停地说着:

"毒手,带电的毒手,毒……"一边逐渐安静地躺倒在床上,脑壳情不自禁地晃动着。

这是我成人后第一次和成熟女人的肉体如此地亲近。我摸着摸着不安分起来,出其不意地掀开她的衣襟,惊喜而又崇拜地瞅着她雪白一片的胸脯。

她一下子坐了起来,衣裳自然地垂落下来。我又要去掀她的衣服,她低声呵斥着:"还想干哪样?"

"我要看。"

"不是看过了嘛。"

"不够。"我固执地说着,又掀起了她的衣裳。和躺下时不一样,她的乳房又大又白,鼓得高高的。和那些奶娃崽的山寨婆娘当众裸露出来的乳房,完全不一样。

我一边抚摸一边贪婪地瞅着,她突的撕扯一般逮拉着我的衣裳,要把我的衣裳脱去。我明白了她的意思,三下两下脱光了自己的衣裳,和她滚在了一起。

床上的垫单是什么颜色,我一点都不晓得。小屋里的摆设是什么样的,我也全然不知。我的意识里,只有自己头一次的感觉,是匆促的、慌张的、手足无措的、不知所以的。好像新娘买了一只小了几分的戒指,迫于无奈又要使劲地戴上去,费了老大劲儿,勉强把戒指套了上去,有些刺激、有些新奇、更有些不安。继而,一阵浓重的雾岚浮了上来,脑壳里头空空的,啥感觉也退隐了……

当一切结束的时候,吴仁萍的闺房里出奇的安静,静得什么声音也没有。我嗅着小屋里带着点儿米香味的空气,不由轻轻问:"送亲的喜酒,该吃完了罢。"

"哪会这么早,要闹到半夜了。"吴仁萍懒懒地说着,又把脑壳靠到我胸前来,像做成了一件大事般说,"华老师,我得着你了。"

听得出她的语气中有一股如释重负之感。我说:"不要叫我华老师。"

"你不就是华老师嘛。"

"叫华老师,我心中不安。"

"为啥?"

"人家要说,我是仗着老师身份要学生。"我还想说,这可是犯了大罪的,我怕。

"我都是大人了,我愿意。"

"你咋会愿意?"

"今天给吴玲娣送亲,她哭得这么凶,岚山寨上的人都以为她这是照风俗行事,只有我晓得,她是真不想这样子不明不白地嫁人。可她又无奈,她晓得不抓紧嫁出去,家中要遭殃。"吴仁萍的手伸过来,轻轻触碰着我的耳垂,"我一边陪着她哭,心里就在想,明晚上,玲娣就要把自己的身子交给那个她不熟悉的人了! 那多脏啊,与其像她这样,我还不如把身子给了自己喜欢的人呢!"

我翻身而起,热烈地吻着她。

她的手捧住我的脸,说:"华老师……"

"不要喊我华老师。"我再次申明。

"哪喊啥子?"

"喊我名字,华有运。"

"有运,有运,这名字真好。看你交了多好的桃花运。嘻嘻,有运,你喜欢我么?"

"喜欢。"

"用你们的话说。"

"我们的话……"我重复着她的语气,不知她要我说的是什么话,"我们的啥子话?"

"你们知青讲恋爱时说的话。"

我凑近她耳边说:"仁萍,好姑娘,我爱你。"

"真的?"

"真的。"

"真好听。想听听我说什么吗?"

"你想说啥子？"

"我要说，我也爱……哎呀，羞死人了，说不出口、说不出口。"说着，吴仁萍一把逮过我的左手去，放在她的巴掌心里抚摸着、摩挲着，继而又动情地移到她的脸颊上擦了两下，嘴角含了一下我的手指，"瞧你，一双手都是细刷刷的，好安逸啊！"

她这一系列细微的爱抚动作，一下子也感染了我，我用一个热烈的吻代替了我要说的话。

"和你都好成这样了，我真不想出嫁。"

"那你……"我不由一怔，"元宵节不想嫁人了？"

她一个翻身坐起来，把脸挨到我脑壳上，说："你要我嫁么？"

"不要。"我摇头，心里却不是十分的坚决。

"可是，拖是拖不长的。"吴仁萍颓丧地说。

"为啥子？"

"这三年多，逢年过节，男方家一趟一趟，不知给我家中送了多少彩礼。"

"退回去就是啊。"

"退，你说说倒是容易。"吴仁萍叹了一口气，"屋头穷，吃的吃了，用的用了，拿啥子退人家？"

我也跟着叹息："那咋个办呢？"

"我有一个办法，"吴仁萍兴冲冲地把身子靠在我身上，"隔几天，信还是写，你只要把我开的条件，翻上一倍。男家一下子没那么多钱准备，就是有工夫借钱，他们也没时间把东西准备好，不就拖下来了。"

我点头，嘴里吐出一句："只是也难为了男家。"

"管他呢，"吴仁萍在我的肩膀上重重地拍了一下，"哪个喊他们管我叫吴仁萍呢！"

我不解："你一直就叫吴仁萍啊。"

"是啰，吴仁萍，无人品。你没听出来？"

我一时又愣住，正想说什么，寨路上一个尖

声拉气的嗓门喊起来:"吴仁萍,吴仁萍!玲娣家忙不过来,让你当伴娘的快去啊。"

我紧张得连忙坐起来,手忙脚乱地穿着衣裳。吴仁萍一把扯过我的衣服,愤愤地一甩悄声说:"莫出声,不要理她。啥子大不了的事,玲娣要明天才走呢。"

果然,那岚山屯上的婆娘又喊了两声,以为吴仁萍不在家,自言自语地走了。

我敛声屏息地听着那婆娘的脚步声远去,重新轻手轻脚地穿好衣裳。这回吴仁萍不再阻止我,她也三下两下穿起衣裳说:"你不要忙着回雨山屯去,到了夜半三更,那些个当干部的走了以后,还要跳地戏。"

我这才知道,地戏为啥子要拖到半夜才跳,吴远贤又为啥子叮嘱我不要在饭桌上提这事。原来他们这是要防干部。

"这地戏,真好看吗?"我将信将疑地问。

"好看!你从来都没见过的。"吴仁萍用肯

定的语气说，"到时候，我陪你看，准保你今晚上快活。"

照吴仁萍吩咐的，我一个人先悄悄离开她家，来到寨路上，确信没撞见任何人，我不由长长地吁了口气。

已是秋冬时分，岚山屯的夜间带着浓重的寒意。走拢寨子中央，又能听见从办喜事的吴远贤家传来的喧声和笑语。借着农家户透出的灯光，我看了一眼表，我以为和吴仁萍经历这么长时间的肌肤相亲，该是很晚了。没想到，只有九点二十，离半夜还有两三个钟头呢。这么长的时间，如何消磨呢？我有点懊悔答应吴仁萍，留下来看跳地戏了。

酒意在渐渐消散，精神仍处于亢奋状态。

到了吴远贤家，只见最后一轮酒席正在散去，远近赶来喝喜酒的老少客人们，有的三三两两地站在院坝里聊天，有的站在烧起火来的堂屋里边喝茶边烤火,有的围在一起打牌、摆龙门阵,都没有席尽人散的意思。

我的脑壳里热腾腾的,同样毫无睡意。于是乎在堂屋里取了一杯茶,坐在吴远贤家台阶上,凝神默想,思绪又回到和吴仁萍的关系上。

我是一个知青,工作和上调都没个着落,明知道我绝不可能娶吴仁萍为妻,怎么会和她那么简单快捷地做成了男女间的这回事呢?况且吴仁萍又是即将出嫁的大姑娘,我这算是咋个回事呢?是的,对吴仁萍,我是有点点好感,仅仅是好感而已,没有什么爱情。就是发生了这档子事,应她的要求,我说了爱她的话,但那只是说的情话。恐怕连她自己也不会相信。这一切,在今晚来岚山屯之前,我都是晓得的。况且事前还告诫过自己,要理智地处理和吴仁萍的师生感情,为什么还会发生呢?

这全都得怪我心中涌出的欲望。在这种魔鬼一般的欲望面前,我的抑制和挣扎显得极为苍白。

我觉得自己很不道德，很无耻。我有点后悔，也有点儿痛恨自己，还有点觉得对不起人。对不起吴仁萍，对不起她即将嫁过去的那个叫高自兴的男人，也对不起我将来可能要娶的妻子，尽管我连女朋友都没有呢。

"想啥子呀，"吴仁萍突然出现在我的面前，她是什么时候到吴远贤家重新帮起忙来的，我一点儿也不晓得，"看你一脸入神的模样，在想城里姑娘么？"

"哦不，"我急忙摇头，见她一脸喜吟吟的幸福模样，掩饰地说，"我在想方才的事。"

吴仁萍的脸刹那间涨得通红，轻声地说："快莫胡思乱想了。玲娣家爹吴大叔找你。"

"他在哪？"我仰脸四顾，心中有些好奇，他不是约我明天去他的石碉里头见面嘛。

"你随我来。"吴仁萍左右环顾了一下，转身带先走去，边走边说，"吴罗师在换衣裳，不要任何人在身边的。"

在院坝侧边的一间厢房门口,走在前头的吴仁萍敲了几下门,里面传出了吴远贤的声音:"是哪个?"

"是我,吴仁萍。罗师,华老师来了。"

"请他进来吧。"

吴仁萍推开了门,对我说:"你进去吧。"她却不走进去。

我进了厢房,吴仁萍在外头把房门逮上了。

昏黄的电灯光影里,一个身披长袍、头戴上翘的八角高帽子的老汉,朝我慢吞吞地转过身来。

"你……"我费了老大的劲,才克制着自己,没叫出声来。这老汉,打扮得怪模怪样的,是要干啥子唷?他头上的那顶帽子,要不是硬纸板剪成的,乍一眼看去,就像是一顶皇冠。

"你不认识我了?"一听他讲话,我才认出

来,他就是刚才吃饭时和我坐一桌的吴远贤。"你别看我穿这一身衣裳怕,这是跳神必须穿的。"

我大吃一惊:"跳神?"

"是啊,哦,就是大家伙说的跳地戏。"

天哪,跳地戏原来就是跳神! 文化大革命都好几年了,"破四旧"闹得全国上下声势浩大,雨山屯乡下的老百姓,咋个还这样子糊涂,思想还这么落后啊! 搞封建迷信,怪不得他们要等到半夜才跳,怪不得他们要避开来喝酒的干部们呢。

这当儿,我就像突然陷进了是非堆中一样,觉得处在一个尴尬的境地,浑身不自在。

是光线太暗了吧,吴远贤一点也没看出我脸上的不安神情,他瞅着我身上穿的棉大衣,点着脑壳说:"本想明天早晨交你,思来想去,还是现在就交到你手头的好。"

我有些丈二和尚摸不着头脑问:"啥子?"

"努，就是这个。"他从身穿的长袍里头摸出一包东西，递到我的手上，"你好好揣着。"

　　我接过手来的东西，用几张旧报纸胡乱包着，有点儿沉。我用手指摸着，里头还有点硬。但摸不出是啥子，忍不住问："这是什么？"

　　"国宝。"

　　我顿时想起了关于国宝的传言，想起了吴玲娣在赶场时遭受的侮辱。但人们传说中的国宝是皇帝的宝剑啊，这纸里包着的，绝不可能是宝剑！这会是什么呢？我两眼巴巴地瞪着吴远贤稍显长了些的消瘦的脸，双手想要打开纸包。

　　"揣起，看完跳地戏，回到雨山屯屋头，关起门细细看。留神，就你一个人看。看的时候，打好满满一盆水，放进去再试试。"吴远贤说的话，就像在打谜语，让我边听边猜，也不知所以然，他呢，一点也不管我听没听懂，摆一下手，轻描淡写地说，"你敢于在大庭广众面前救护小女，足见你心地善良，好人，好人哪。这年头像你这样的好人不多见了。就这样吧，其他的一切，都等明天小女出嫁之后，到石碉来，我再告诉你。"

说着，他看着我把纸包揣进衣兜里，走到门前，把门打开，让我出去。

重新来到叶子烟雾缭绕的院坝里，耳里闻着喊喊喳喳的谈笑声，眼里望着一张张黝黑的皱纹满布的农人们的脸，有熟悉的，也有不那么熟悉的，我忽然觉得，这雾岚山下，缠溪两岸的乡间，有了一点儿神秘感。插队几年，和老少乡亲们朝夕相处，自以为对这块土地上的一切，已经都晓得了。谁知，全然不是这么回事啊。

夜半时分，地戏跳起来了。

那真没冤枉我等了几个小时，活到二十多岁，我从来没见过这样的表演，而且我觉得，这跳神，和曾经在电影里看到过的封建迷信大不一样。

在吴远贤吹响牛角，挥动法器的指挥之下，

一个个脸戴面具、身着战袍的汉子，就在院坝里跳了起来。

吴远贤口中念念有词，起先听不明他说些啥子，挨得他近一些时，他的声音就听清楚了：

年年风雨顺，
田坝谷米香。
主人勤耕种，
抬米入新仓。
远贤今嫁女，
饭甑四乡开。
鱼肥酒肉美，
寨邻好情意……

随着他嘴里越念越快，节奏感也越来越强。稀奇的是，站在台阶上、屋檐下围观的寨邻乡亲们，也都随着他的节奏，有板有眼、摇头晃脑地唱了起来，唱得兴奋处，他们也跟着拍掌跺脚，喜笑颜开。

锣敲着,鼓击着,还有人拨动着月琴,刹那间,吴远贤家小小的院坝,成了欢腾雀跃的娱乐场。

最为吸引我的,还是跳地戏的汉子们戴的面具,这些造型奇特、和头盔相连的一只只面具,有的油刷得五颜六色,有的就取丁香木和白杨木的本色,雕法粗犷,线条有力、夸张,着了色彩的无不对比强烈。有的还在额头中央镶嵌了小小的镜子。

"华老师,好看吗?"一片喧嚣声中,吴仁萍不知什么时候挤到了我的身边问。

"好看好看。"我一边使劲鼓掌一边说,"我从来也没看见过。他们戴的面具,为啥有的涂颜色,有的不涂色?"

"听老人们说的,不涂色的是明朝时期的雕法,涂了颜色的是清朝以后的做法。"趁着和我说话的当儿,吴仁萍紧紧地贴在我身上。

天哪,这么说,几百年,历史是相当悠久了。

"奇怪,我到老乡家去,咋个就没见他们家中放的面具呢?"我不由好奇地问道。

"让你看到还行啊,"吴仁萍凑近我耳边说,"闹起'文化大革命',破四旧时,烧了多少面具啊,真正造孽!老人们说,怪不得我们一年比一年过得穷,那都是不跳地戏造的孽呀!华老师,我亲眼见的,在大院坝里,整整烧了一天一夜,还在冒烟。胆子大些不烧的,也都藏起来了呀。"

"跳地戏时,不戴面具多好。"我想当然地道,"演员脸上的表情,不是比面具更丰富生动嘛!"

"这你就不懂了,"吴仁萍脸挨得我很近地说,"我们这地方有一句话,叫做戴上脸子是神,脱下脸子是人。面具就是神灵,是我们的心灵里头想象出来的。"

我不由转过脸去,望着这个大年龄的、作业经常做错、时常留级的姑娘。她这当儿讲出的话,哪像是没多少文化的学生讲出来的呀。

多少年以后,我插队山乡的地戏传遍了全国,唱到了外国,中外学者都把它当作一种稀有的文化现象——"戏剧的活化石"来研究,我也对地戏逐渐有了深入的了解,这才晓得,西南山乡,高原和山地面积占了将近百分之九十,自古以来,群山连绵、沟壑纵横,老百姓的村村寨寨,都分布在崇山峻岭的山间盆地和河谷平坝旁,山川阻隔,遥远荒蛮,偏僻而又闭塞,使得长期生活在这里的人们不能和外界有广泛的接触,甚至于基本上不和外界接触。但是对于众多的自然现象,对于人一辈子都要遭逢到的种种困苦灾难及不可理解的事物,这里的乡民们也需要得到解释。还有一点更为重要,那就是作为人,他们也像生活在全世界各地的所有民族一样,期待美好的生活,巴望着有朝一日真正能过上好日子。可是他们真不晓得怎么做才能迎接到这样美好的未来,朝朝代代,生生息息,他们都是求助于跳神戏来驱除邪恶、驱逐疫鬼、纳吉许愿，这是自古以来流传下来的形式。

纯朴的乡民把村寨的兴旺和衰落，吉凶祸福，都和跳地戏联系起来。地戏在乡民们的心理上成了能过上好日子的支柱。

不过这些道理我都是在好些年之后才明白的，在当时，我只是随着手舞足蹈、又吹又打、又唱又叫的老乡们沉浸在一片祥和欢乐的气氛中，并且有吴仁萍这么个相好的姑娘站在我的身边而高兴。我朦朦胧胧地感觉到，吴仁萍一无所求地把她自己给了我，也是间接地对命运排定她的角色的一种抗争，她要自主地替自己做一回主、发泄一回。尽管她自己，不一定就意识到了这一点。

命运注定了这一天让我终生难忘。

看完地戏回到知青点茅草屋里，夜深人静，我迫不及待地打开了吴远贤交给我的纸包。想看明白，他说的国宝，究竟是个啥玩意。

到了下半夜，雨山屯上的电反而足一些，十五支光的电灯泡，把呈现在我面前的两只青蛙照得晶莹透亮。要不是在我的衣兜里已经揣了那么长时间，我真的会认为这是两只田里头刚刚抓来的活青蛙。

那么晶亮，那么剔透，青蛙的皮肤上像沾了水滴，青蛙的两只鼓鼓的眼睛就像瞪视着我会转动，还有那微张的嘴和嘴巴里的舌头，就像随时准备探出来吸食蚊虫一般。

姿势是那么生动，线条是那么流畅。细观之下，石色明净，石质细腻，温润如玉的肌理就仿佛是青蛙的皮肤。

最难得的是这两只栩栩如生的青蛙，明明是玉雕的，却一点也看不出雕琢的痕迹。青蛙背上的斑点是如此逼真，一雄一雌，互相呼应，相辅相成，相得益彰。两只青蛙神形兼备，手轻摸上去就有种惟恐它们会受惊跳起来的感觉。

真正触摸着它了,却又会感到光洁细嫩,有一股凉凉的温润细腻之感。

真是人见人爱的宝贝,真是稀世难见的神物。

再不识货的人,都会知道它们是国宝。

我忽然想起了吴远贤的叮嘱,把两只青蛙小心翼翼地放在床上,转身用一只大盆打了一盆水来。

令人震惊的事情发生了。

当我把两只青蛙放进水中的时候,两只玉青蛙竟然像真青蛙一样游动起来。而当我津津有味地欣赏着青蛙舒展着四肢游泳的姿势时,两只青蛙分别发出了清晰的鸣叫声"呱、呱呱"。啊呀,这哪像是玉蛙鸣叫的声气啊,完完全全就和山野田坝的青蛙叫声一模一样。

骇然把我吓了一跳。

我脑壳里闪现出了一个词眼:价值连城。

这一夜,我失眠了。虽说入睡已是下半夜,

虽说喝喜酒、看跳地戏折腾了整整一天,虽说还和吴仁萍之间发生了平生头一次的性事,应该是很累很疲倦了。可我就是睡不着,浑身上下好似有一团火在燃烧,脑壳亢奋得直发热,在床上翻来覆去的,盖着被子嫌热,掀去被子又觉得冷,总感到枕头没放好,一会儿猜测着这一对青蛙的来历,一会儿生怕这对青蛙没放好,一会儿想象着这对青蛙究竟该值多少钱,一会儿费神地思索着,为什么人们传得纷纷扬扬的国宝皇帝的宝剑,却变成了一对青蛙。

可以说我什么都想了,惟独没想到的是自古以来就有的一个训诫,如此精美绝伦的宝物,谁个持有了它,就会给那个人带来灾祸和凶兆。

雨山屯头遍鸡啼的时候,我迷迷糊糊地睡着了,睡梦中仿佛还听到送亲的队伍把唢呐吹得连天震响,仿佛还夹杂着歌声和哭声。我脑壳里头还闪过一个念头,吴玲娣出嫁了。

一觉睡醒起来,雨山屯浸染在秋冬之交混沌的雾岚之中。山脚下的田坝、山岭上的坡土、一片片的树林、偌大的草坡,还有曲曲弯弯的缠溪两岸,全都笼罩在浓浓的蒙纱雾里。是昨夜闹得太晚了,是雨山屯团转的几个寨子都贪看了跳地戏,村村寨寨一片梦一般的沉寂。

　　这难得的清静正合我意,我匆匆刷牙洗脸过后,随便扒了几口泡饭,就往寨子外雾岚山上的石碉赶去。

　　雨山屯外的石碉石堡,是雾岚山上的一处古迹。据说有好几百年历史了,爬上山去,得攀登一百几十级石阶,没多大的事情,寨邻乡亲们都懒得去费这力气。可在雨山屯团转,哪个都晓得,吴远贤是石碉、石堡的看山人。有事没事,他总在山坡上转悠。有时候人们费了老大的劲儿,攀上山去,走进神秘幽暗的石碉、石堡,遍找都不见他的身影。可当你一旦离开石阶,在山林里东钻西钻乱转着的时候,他又会悄没

70

声息地出现在你的跟前。

今早晨是他约了我，我不怕见不着他，我怕的只是他还在岚山屯寨子上睡觉，没来得及赶上山来。昨晚上毕竟是他嫁女儿的日子，况且他还自始至终主持着跳地戏，一会儿吹响牛角号，一会儿挥动法器，闹腾了好几个时辰，累是不用说的。

可我显然是多虑了，当我沿着朝露和雾岚打湿了的石级山道攀完一百多级石梯，在石阶上拐过弯来，一眼就看到吴远贤老人站在圆拱形的山门前，他已换回平时看管石碉石堡的服装，面带几分赞许，居高临下地望着我。令我惊奇的是，睡得那么少，他的脸上还没啥倦意。一定是嫁女以后，了却了一桩心愿，兴奋的缘故吧。

关上山门，迎我进屋，在石碉楼上小小的矮方桌旁坐下，一面给我斟茶，一面听我迫不及待地提出问题，他坐定下来，呷了一口茶，长长地吁了一口气,轻声慢语地侃侃而谈起来。

莫看这连绵无尽的山峦,尽是些荒坡野岭,草深林子密,可它们在世间的年月,要比人世间的芸芸众生,多存在千百年了。

你要晓得价值连城的宝玉青蛙的来历,那就要给你讲一段久远的往事,那是大明开国时期的故事。

六百多年前,明皇帝朱元璋在刘伯温、徐达等文武大臣的辅佐之下,打走了元顺帝,建立了大明王朝,却不料元朝还有一个梁王盘踞在云南,一个段氏控制着大理,他们认为自家的兵力雄厚,又有关山重重的屏障和阻隔,自恃天高皇城远,你朱元璋奈何我不得,不服他的管,把朱皇帝派去招安的官员要么驱逐出境,要么一个个都杀了。气得朱皇帝龙颜大怒,亲自部署征南。

促使朱皇帝下决心调集军队征南的,除了云南不服他的梁王之外,西南各地的土司部落,也是锣齐鼓不齐,明降暗不降,各行其是,时有骚扰,割地为王的有之,自成体系的也有之。

于是乎朱皇帝派出以大将军傅友德、蓝玉、沐英为首的三十万大军征讨云南,一路沿着江西、湖南、贵州杀将过来,直至攻破大理。

"走上山来,山门上有四个大字,你看清了啵?"我正听得津津有味,吴远贤忽然向我提起了问题。

我只得如实相告:"没在意。"

"那是'威震此山'四个字。"吴远贤一字一顿地说,"这四个字,就是征南大军打下贵州的这一片山野土地,看到这里风光无限,适宜于安营扎寨,而命人刻下的。"

其实这一段历史,留给后人的,岂止是这四个字啊。在云南、贵州的很多地名上,留下的痕迹就更为明显了。诸如"永顺""镇远""贵定""清镇""普定""普安""平坝""长顺""广顺""安顺""镇宁""威宁""宣威""顺州"……

这些地名充分显示了三十万大军过处,威风八面,经过清剿、招降、一路镇压敢于反抗者,"诸蛮"纷纷望风而降、普遍平定归顺的史实。今天也还存在的丽江古城,之所以古风犹存,就是因为当时年逾八旬、任丽江府宣抚司一职的阿烈阿甲,审时度势,及时地将宣抚司一职传与儿子阿甲阿得。这阿得灵机应变,"率众归顺",还出力协助明王朝统一了周边的民族地区,朱元璋龙颜大喜,赐"木"姓予阿甲阿得。从那以后,丽江木府的名称也便传开了。

云南被傅友德他们平定,梁王自杀,大理重又纳入大明的版图,那些个土司、宣抚,顺的顺、降的降,局势暂时是安定下来了。可云贵高原毕竟是山也遥远、水也遥远,路途更是十分的遥远啊。胜利了的军队一旦凯旋而归,班师回朝,不知哪个山沟沟里又冒出了一个什么王,或者就是当地的土司,不服明朝管了,怎么办呢? 苦思冥想,朱皇帝命令傅友德的三十万远征军沿着交通要道,以五百六十人为一卫,一千一百二十人为一所,组成军屯形式,就地驻守下来,封官许爵,稳定云贵。卫所之下,交通要道沿途又设置驿道和铺,铺下面又是哨,铺、哨之间,则常拨弓兵守望。这一来,南京城里的朱皇帝就睡得着觉了。顺便说一声,西南几省,老百姓的村庄,都以寨子相称,为什么偏在交通沿线这一带,村寨会像北方一样叫做屯呢,原因就在于大军过处,很多地名都是随军而来的军师起的。这军师,拿今天的话说,不就是知识分子嘛。记得你这个教书先生教书匠,几次问及为啥子这一带的地名都起得文拖拖的,原因也在于此。

我喝着茶,恍然大悟地连声噢噢地应答,直觉得茅塞顿开,大长见识。

吴远贤拿出摆龙门阵的架势,慢条斯理地接着说。

军队不打仗了,仍然要吃饭。于是就让驻守下来的军队设立军屯,垦荒种粮,解决吃饭问题。

光是吃饭还不够啊，军人也要成家立业，也要过太平生活，生儿育女，都是光棍汉咋个成呢？

还是朱皇帝有办法，在调北征南以后，他又下了一道圣旨，叫做调北填南。调安徽、江浙，还有江西的老百姓来到西南。军队屯军的地方，叫做军屯，老百姓住下来的地方，叫做民屯商屯，或者叫做堡、叫做关，所以说，华老师，我吴远贤的祖上也是下江人，照着五百年前是一家的说法，我们说不定还有亲戚关系呢。哈哈，这是说笑了……

听着听着，我发现吴远贤越说越上劲头，脸上的神情又像昨晚上跳地戏时一样，眉飞色舞。只是，这长长的一截历史，和玉青蛙有啥子关系呢？

我忍不住问了出来。

"自然有关系，大大的有关系啰。"吴远贤不慌不忙地说,"听说过皇帝的宝剑吗?"

"传得神乎其神的,咋没听说。"

"那是真的,不过不在我的手里。"吴远贤用力地一挥手,打消了我的好奇心,"你想想,傅友德远征在外,要统领三十万大军,没个威望怎么成?出征之际,朱元璋朱皇帝就赐他一把尚方宝剑,临机应变,先斩后奏。这尚方宝剑之神奇,民间讲得很多了,我就不消说了。六百多年,流失民间,现今传言在我的手中,实在是谬误、谬误,大谬误矣。但这传言也不是捕风捉影,只因为我的手中,确实珍藏着皇帝的宝物。那就是我昨晚上交到你手头的这对玉青蛙。它们的奇妙,你已感受到了吧?"

我重重点头,表示已然明白。不明白的只是……

"凭啥子说它们是皇帝的宝物呢?"

"喊你来,就是要给你道破这个谜。"吴远贤将他杯中的茶一饮而尽,重又斟上,咂吧着舌头说，"作为三十万大军的统帅，傅友德持有传家之宝尚方宝剑。傅友德还有两个副统帅，一位叫蓝玉，另一位叫沐英。前头我已经说过，朱元璋听说丽江宣抚司阿甲阿得率众归顺，大喜过望，赐阿甲阿得以'木姓'。这一圣旨，就是通过朱皇帝的干儿子沐英大将军去宣读的。大将军要统率军队，身负重任，连日征战。将军的家眷，闲在军屯之中，终日无所事事，岂不烦闷。朱皇帝笼络人心有道，或者用今天的话来说，是关心下属。出征之际，除了赐傅大将军尚方宝剑，他还送给沐英玉青蛙一对，让他的媳妇在军屯之中，闲来无事的时候，可以解解闷儿。那么，当过叫花子，也做过和尚的朱皇帝朱元璋，又是从哪里得到这么个宝物呢？"

"是啊，那简直是奇得很！不要说我从来没见过，就是听也没听说过。玉石的青蛙还会叫。"

吴远贤呷着茶，摆了摆手："听说过朱元璋

的大军师刘基刘伯温吗?"

"当然。他帮了朱元璋的大忙,得天下有他一半功劳。"我尽力显示自己多多少少也有一点历史知识。

"刘伯温是哪里人?"

"呃……"我一时语塞,实在是记不起来了。

吴远贤脸上一点儿也没有为难我的神色,淡淡说道:"他是浙江青田石门人。"

"是么?"

"青田是个什么地方?"

"一个县吧。对了,青田出石头,青田石。"

"是啰,青田不但出石头,还出好些出神入化的能工巧匠。一般化的螃蟹青蛙,牛马猪羊,鱼儿虾子,菩萨神仙,老汉娃娃,哪个匠人不会雕? 这对玉蛙,是当上丞相的刘伯温,看出朱元璋过河拆桥,连连斩杀大臣,甚至对他也起了疑心,为讨好皇上,请他家乡最好的匠人,根据山洞里会起回声的道理,雕琢出会游、会叫的青蛙,送给朱皇帝表示忠心的。"

"噢——"我长长地吁了口气,怪不得这么奇呢。丞相特意送给皇上的东西,还能不金贵、不稀罕吗?

"这就是玉青蛙的来历,你该明白了吧?"

我自然是心服口服了。

"这么贵重的宝物,你为何要交付给我呢?"

"有人在追查皇帝的宝剑,就说明风声已露,我吴远贤已预感到自己是凶多吉少。"一股惆怅之色,显露在他的脸上,愁云在他的眼里盘旋着,"匆匆嫁女儿,是为的让小女远离这是是非非。而你的为人,这几年雨山屯百姓自有公论,我早已风闻。特别是这一次,你路见不平,救了小女,使我打定了主意,把它们交付于你。这终究是国宝啊,我吴远贤不甘心这么好、这么有历史价值的宝物,落入一帮子败类手中。华老师,特意喊你上山来,除了向你道破这玉青蛙的来历,我还要告诉你一句,这东西岂止是价值

80

连城,还有一点,那就是自古以来就相传,谁的手中拥有了它,就会给谁带来灾祸,甚至于死在它的身上。你怕么?"

我浑身一震,愣怔地盯着吴远贤,不知说什么好。

"躲避灾祸的最好办法,"吴远贤一字一停顿地叮嘱我,"就是守口如瓶,不传旁人。切记。切记。你去吧。"

告辞出得雾岚山石碉石堡的山门,清晨的蒙纱雾变得乳白色的一片,愈加稠密了。

坐落在山脚下绿树掩映的雨山屯、岚山屯两个村寨,全都给笼罩在沉沉的、浩浩茫茫的云雾之中,啥都看不分明了。

这也是极为难得一见的景观,一般的情况下,黎明时分的大雾,随着时间的流逝,便会渐渐消散。今天这情形,是怎么啦?

可对于此时此刻的我来说,却是一件好事。

走下雾岚山,顺着山间的小路走回雨山屯,我始终没有碰到一个人。连平时最勤快的割草放牛的老农也没遇见一个。听吴远贤说得那么恐怖,我真不想让人晓得,我和他这么个敏感人物私下见过面。

农忙假过后,雨山屯的耕读小学又照常开课了。

除了班上少来了一个大龄学生吴玲娣,什么变化也没有。吴仁萍还是天天都来上课,挺起她隆得高高的胸脯,扑闪着她的一对大眼睛,坐在最后一排,充满情意、无甚顾忌地望着我。

我呢,只要看见她来,就会觉得是个安慰。在课堂上,我有意识地表扬过她几回,说现在这年头,无论如何,小学毕业的文凭总该拿到手。哪怕在出工劳动后记个工分、上街卖东西时算个账,也要方便一些嘛,像吴玲娣那样,小学还没毕业就出嫁,实在太可惜了。

她仿佛完全领会我说这番话的意思，回到岚山屯，就跟父母说，一定要把书读到明年的夏天，得到了小学毕业文凭，才嫁出去。

这话竟然得到了她父母的赞许，认为十分在理，就托婚姻的介绍人、吴仁萍在县城里当干部的舅舅，出面去给县城城关朗巴寨的男方高自兴说了。

男方娶亲的心情虽然迫切，但听说她要读书，也觉得情有可原，答应婚期可以延后。

山乡里入冬了，下第一场凌毛毛那天，天气冷得人直打寒颤。所谓凌毛毛，是贵州山乡里特有的一种叫法。下的时候，阴沉沉的天空中飘飞着细细的雨丝，由于气温太低，雨丝儿还没落在地上，就在空中变成了冰凌。老乡们就形象地把它称之为凌毛毛。

其他三个老师，吃过晌午饭就没再到学校里来，他们一个是过了五十的老汉，一个是民兵连长的夫人，还有一个虽然读过中学，却对啥子正规学校该有的唱歌课、体育课一概的不感兴趣。每次都让我集中起来，给娃娃们上大课。这一天，上完了孩子们都喜欢的唱歌课以后，天气实在太冷，我取消了原定的最后一节体育课，让学生们可以早早地回到屋头去烤火。

也巧，轮到吴仁萍值日，她一个人留下来打扫教室。我站在小学校门口，看着学生们纷纷离去，沿着田埂跑远了，才回到教室里来。怪了，刚才还在教室里扫地的吴仁萍不见了，她会躲哪儿去呢？

我性急地在教室里外找了一遍，都没见她的身影。莫非，发生了那档子事情，她后悔了？故意躲开我。要晓得，自从吴玲娣出嫁以来，我们好久没单独在一起了。

我不安地退回到办公室里，一推开门，我就笑了，她已经在我的办公室里，拿着火钳，夹火盆里的炭火呢。

我闩上了门，喜滋滋地说："你已经来

了呀！"

她一丢火钳，就扑了上来，脸直往我的跟前凑。

这是在学校里，我有点儿慌张。举手示意她仄耳倾听一下，学校里外还有没有学生没得回家。

她温顺地点了一下头，昂起脑壳细听了片刻。除了一阵一阵山风低啸着，小学校里外一片静寂。她轻轻嘀咕了一声："没得人。"说着，把身子依偎在我的怀里，又把脸仰起来，期待地望着我。

我心情极为复杂地搂抱着她，在她泛着青春红晕的脸上投下一个又一个吻。那一天，在她的闺房里和她有了最亲密的关系以后，我有过一些惶惑，也有过一点后怕，还有一点恐惧和自责。我怕她万一给人讲出去，我更怕她怀孕。这是极有可能的啊。

到那种时候，该咋个办呢？我实在不敢想。

可是随着日子的流逝，天天在课堂里见着她，我对她的那种强烈的渴望又燃烧起来。而且我在她的眼睛里看得出她同样也有那种欲望。也因为我们有过了肌肤相亲的关系，我觉得自己一天比一天地爱她了。

当把她抱在怀里的时候，我的那种欲望又涌上来了。我趁着吻她的间隙说："我想你，想得真难受。"

她紧紧地贴在我的怀里说："我晓得，我也一样的。不过，挨到夜间吧。"

"夜间你到我知青点玩，也好。"

"有啥子好?"她俏皮地一歪脑壳，逗着一般问我。

"我冲麦乳精给你吃，还有巧克力，很好吃的。"我迫不及待地表白着说，"秋收以后，那些个知青，都先后回上海去了。屋头只有我一个人……"

"我才不去你那里呢!"她抢白一般说，"撞见了人，我咋个说，告诉人家，我是去找你要？"

我一怔："那么，我们去哪里？"

"你到岚山屯来。"

我吃一惊："让我去你家？"

"你听我说嘛，哪个要你去我家。"吴仁萍狠狠地扯了一下我的衣扣，要我耐心听她说，"这些天，我爹都在烘房烤叶子烟。怕烟叶子遭偷，他要我在烘房里守夜……"

"你一个姑娘家，就不怕？"

"哎呀，你真啰嗦，我怕个啥子呀，我在烘房里守夜，从里头把门锁上，哪个人进得来嘛。你晚上来，到了烘房门前，敲四下门，咳一声，我就替你开门。我家的烘房在岚山屯竹林边，最好认了。"吴仁萍细细地给我讲了她家烘房的位置，脑壳一偏，问我，"记住了啵？"

我点头。

"不要记错啊，过去，还真有人记错了，闹出大笑话。在屯子里传了几十年。不过，那年头没电灯。”

我也被她说得笑起来。心里暗自说，她还真想得周到，烘房里又安全、又暖和。哪像我这办公室，虽有一盆炭火，桌椅板凳全是冷的。再说，这是小学校，学校里是出不得那种事的。不过两个人待在烘房里，不是又要出那种事嘛。我迟疑着，眼神转到一边去。

“你咋个了?”吴仁萍察觉了，“不敢去么?”

“我是怕……”我舔着嘴唇，不知如何表示自己复杂的心态。

“怕啥子，”她急了，张开双臂搂着我，“我都不怕，你还怕个啥? 好不容易逮着个机会，你要不去，我也不走了!”

她的嗓门粗起来，说完了，还把嘴噘得高高的，一副生气的模样。

“那好，我晚上来，我会小心的。”一边说，一边我又忍不住吻她，轻轻抚摸她。

她笑了，推了我一下说:“你听说了吗，玲娣家爹,被公社逮了去。"

我大吃一惊,浑身一阵冰凉问:"凭啥?"

"罪名是复辟四旧,大搞封建迷信,在'文化大革命'进行到现在这种高潮时候,公然在女儿出嫁的时候带头跳神。"吴仁萍脸无表情地说,"不过,寨邻乡亲们都在说,这都是借口,那些人的目的,还是想追查国宝。"

"国宝?"

"是啊,啥子皇帝的宝剑,你听说过么?"

"没得。"

我连连摆手否认,直觉得关严了的办公室里炭火呛人,双眼瞪得直直的,半天才问出一句:

"听说吴远贤关进去后的情况吗?"

"不晓得,只说要批斗,就是他认罪态度好,都还要住几个月学习班。"

我突然感到自己似要呕吐,赶紧走过去打开了办公室门,说:"炭火太呛人了。仁萍,我们走吧。"

"要得，华老师，你让我先走。"她背起书包。走出办公室前，又回头说了一句，"记着晚上来啊。"

我答应一声，望着她的背影穿过小学校院坝，走出校门而去。

不知为什么，吴仁萍说的话深深地扎进我的脑壳里头，我当时马上想到的，就是那一对国宝：皇帝的玉蛙。

当知青点集体户里其他伙伴都还在的时候，我牢记着吴远贤对我的叮嘱，守口如瓶。对什么人也没提起过这回事情。

我用毛巾分别把玉蛙包起，外面再包上一件棉衣，把它藏在插队落户时特意买下的大箱子底层。然后把箱子牢牢地上了两层锁。

我满以为这样藏是万无一失，绝对安全了。

可听到吴远贤被抓走的消息以后，我心头

毛了。只要有人看到我和吴远贤私底下有过接触,报告上去,一旦怀疑到我的头上,完了,他们冲进知青点,像抄家时那样,砸开箱子,一搜就把它搜出来了。

那么,私藏国宝,和复辟四旧的牛鬼蛇神穿一条裤子,一个鼻孔出气,种种罪名就会栽到我的头上,到那个时候,不要说上调工矿、抽上去当干部了,就是斗,也要把我斗个半死。

什么前途啊,未来啊,统统地全部完蛋。

我该咋个办呢?

回到知青点茅草屋里,我心头还是毛焦火燎、坐立不安的。直到天已经擦黑了,我才惊觉自己竟然忘了煮晚饭,夜间还有约会呢。

这约会也是我犹豫不决的,要不要去、该不该去始终令我迟疑不定。从理智来说,我不该去,应该把握住自己。可从感情来说呢,我又割舍不了和吴仁萍的这段情。嗳,我不是怕玉蛙被人搜出来么,若是交给吴仁萍保管,不就万无一失了吗？她家是贫下中农，几辈子都是穷人，亲戚又在县里当着干部，再怀疑，也怀疑不到她头上去。

这么一想，似乎晚上去赴约会的理由，也充分得多了。

升起火，随便下了点面条吃，我坐在火堆旁，望着那闪闪烁烁的火星子，直眨巴眼睛。

雨山屯上安寂下来，冬月的寒夜，村寨上的老百姓，睡得都是早的，连往常此起彼伏叫个不停的狗咬声，也少多了。

我闷熄了火，带上手电筒，锁上了知青点的门，沿着青岗石砌的寨路，往岚山屯走去。

远远望去，岚山屯上只有稀疏的几点灯火。凌毛毛下得愈加密集了，凛冽的风把雨丝儿吹斜了，横扫到脸上来，像小刀子在刮着一般难受。不知是心里慌的，还是真的冷，我穿了不少衣裳，仍冷得直发抖。要不是吴仁萍在岚山屯烘房里等着我，我才不会出来受这份罪呢。

我打着手电筒,走近岚山屯的时候,引得几条狗咬了几声。我根据平时来岚山屯时走熟了的路,辨认了一下方向,直接往竹林旁高改烘房走去。

烘房的烟囱冒着几缕白烟,找到那扇半人高的小门前,刚蹲下去,没待我按吴仁萍吩咐的敲击四下,门就自动打开了,吴仁萍的脸出现在门边,小声催促着说:

"快进来,快点。"

我猫着腰,一进烘房,小门就被她"砰"一声关上了,我回过头去,她掏出一把大大的锁,从里面把小门锁死了。见我在看,她指了一下锁说:"看到了吧,哪个人进得来。"

烘房里十分高敞,暖如阳春,四壁和房梁上都悬挂着一张张烘烤得蜡蜡黄的稍显卷曲的叶子烟,整个烘房里都弥散着股浓烈的烟叶的香味。连我这不吸烟的人,都觉得那味儿好闻。

今晚上,吴仁萍显然作了周密的准备,房角

落罐子里有喝的水，拱起的热乎乎的烤膛上，放着切得薄薄的糯米粑。悬吊在梁上的电灯泡，被她逮了下来，放在烘房角落里。这一来，烘房内的灯光，就要暗得多了。

我的衣裳穿多了，进烘房没一会儿，就感觉热。

我搁下手电筒，正在脱外衣，身穿一件红色毛线衣的吴仁萍走近我的身旁，接下我刚脱的衣裳，随手就扔在地铺上。我一看，用黏泥抹得十分细密平整的地上，铺着一层垫褥，褥子上还放着一条薄薄的被子。

毛线衣是比着她的身子织的，穿在她身上，合体地勾勒出她青春的曲线。使她的胸脯比往常穿着外衣时隆得更高了。

她压着嗓门，悄声问我："外面冷吗？"

"冷。"我哆嗦了一下说。

"现在呢？"

"一点也不冷了。"

"你觉着好吗?"她的眼角朝四边瞅了一下,身子挨近了我。

"太好了。"我由衷地说着,不由自主地搂着她,一边感激地吻她,一边轻轻抚摸着她隆得高高的胸部。

她一把抓住我的手,引领着伸进她红毛衣的里面。

她没有穿贴身的小袄,我一下子就摸着了她那丰满的乳房。

她噘着厚厚的嘴唇抱怨地说:"你咋来得这么晚啊,等得我心都焦了。"

"我怕撞见人……"我小声无力地解释着。

"你怕,我也怕哩,华老师。"

"你怕个什么?"

"我是怕,和你这么亲这么欢了,我真害怕,怕……"

"怕啥子?"

"怕我嫁了个不喜欢的人,和他再没顺心日

子过了。"

我为她发自肺腑的话而感动,不由更狂热地吻着她,伸到她胸脯的手,不安分地揉搓着她的胸部。

"你的毒手,带电的毒手,把我……"她嘴里怨着,却又情不自禁舒心地轻吟般哼哼着,两腿一屈,就势蹲了下去。

我们一起倒在棉垫上,她伸出一只手去,摸着了电灯的拉线开关,把电灯逮熄了。

烘房里头弥漫着烟叶一阵一阵的浓香味儿,那暖如阳春的温度,给我一种梦幻一般如仙如醉的温柔乡的感觉。比起吴玲娣出嫁那天晚上,在吴仁萍的闺房里匆匆忙忙的第一次来说,今晚上美妙得多了。我感到她也是这样,她那么紧地搂抱着我,在最奔放的那一瞬间,她把红毛衣紧咬在嘴里,还发出了闷沉的间歇的哼哼声……

夜深人静,我们脱得一丝儿不挂,躺在一条

薄薄的被窝里,丝毫感觉不到寒冷。她轻合着眼,把脸紧挨着我的胸膛,不时地在我的下巴上、肩膀上、额头上亲一口。我搂着她,抚摸着她那细腻滴溜滑的皮肤,拥抱着她那充满青春气息的热乎乎的身子,内心里涌起对她的一阵一阵浓烈的爱意。是的,此时此刻,在这间温暖的弥散着浓郁烟香味儿的烘房里,我们两个是人世间最亲最亲的人。她是我这一辈子第一个女人,她把一个姑娘可以给的一切都毫无保留地给了我,看得出她是那样地爱我。我为什么又不能爱她呢?

就因为我是一个出生于城市的知青么?这未免太不公平了。

是的,我爱她,我为什么不能娶她?

大睁着双眼躺在垫子上,我甚至突发奇想,一辈子在雨山屯当一个耕读小学的教师,又有什么不可以?这屯子里的大多数农户都姓吴,我当了他们的女婿,他们是不会欺负我的。

就在这么想着的时候，鬼使神差一般，我把暗藏着皇帝的玉蛙这事儿，告诉了吴仁萍。她是我最亲密的人，我有什么不可以告诉她的呢。而把吴远贤对我的告诫，彻底地置诸脑后。

吴仁萍一点儿也不觉惊讶，她只是听着感到好玩，坐起身子来，俯身望着我，更紧地挨近我身子，大睁着双眼说，哪天有了空闲，一定要去看看这个宝贝。

我充满爱意地说，不但要让她看，还要把这对国宝，藏到她家里去呢。对比她们那个有堂屋、有厢房、有阁楼、有闺房的大大的家，我所住的知青点泥墙茅草屋，太不安全了。

春节过大年的时候，仍被关在公社办学习班的吴远贤没有放回来。

元宵节吃汤圆的时候，消息传来，死不改悔的复辟四旧的坏分子吴远贤畏罪自杀了。

几乎是同时，又传来消息说，吴远贤根本不

是畏罪自杀,而是被那帮家伙活活给折磨死的。

听爬上雾岚山去耍回来的娃儿们说,原先由吴远贤看管的石硐、石堡里头,被翻了个底朝天。凡是有缝的石头,都被撬了起来。岚山屯上吴远贤的家中,连墙根脚的土也被挖松了。

吴玲娣远嫁他方,雨山屯寨子上,没了吴远贤的直系亲属,寨邻乡亲们只是议论过一阵,长长地叹息过几声,说以后,永远也不会有人跳地戏了。再没人提他的事。

那个时候我心中虽也恐慌,却已经不那么紧张了,上头专政队的人若是怀疑到我,早就窜到雨山屯来搜查了;吴远贤如果受不了他们的逼供,也早就把那对玉青蛙供出来了。还会耐心地等到现在都没动静?

再说,就是有人查到知青点上来,我也不怕了。我已经把这对皇帝的玉蛙,藏到吴仁萍家中去了。

她告诉我,玉蛙被包得好好的,藏在她屋头

高高的包谷囤箩下面，上面一年四季都有包谷盖着，哪个都不晓得。

开春了，雨山屯团转的山野泛着悦目的新绿。山坡上，田埂边，四处都绽放着五颜六色的野花。缠溪水也涨了起来，几乎要溢到溪岸上来。顺着屯子边的路走出去，一小朵一小朵的刺梨花开得繁艳艳的。连空气中都弥散着一股暖洋洋的花香味儿，把人心中的欲望一阵阵地逗了起来。

我和吴仁萍之间的恋情，随着春天的来临，愈来愈热烈了。在插队落户难耐的日子里，我们之间的相好和亲昵，如同干旱坡上的清泉，滋润着我们枯燥乏味的生活。几天不粘在一起肌肤相亲，我们都会感到难耐。一旦尝到了禁果的滋味，尽管我一次次想要克制自己，但临到头来，只要和吴仁萍待在一起，要抑制从身心里洪流般涌出的欲望，几乎是不可能的。

我心中比吴仁萍更明白，我们之间的爱情

包含着多多的欲望成分。它以炫目的诱惑陶醉着我们，遮住了我们的眼睛。它没有理智可言，是盲目的、充溢着原始的奔放和野性。就如同它开始得十分偶然一样，我都无法预测它将怎样发展，给我们带来什么结果。

但我们又克制不了自己汹涌澎湃的感情。

现在连不是吴仁萍值日的日子，她也会随便寻找一个理由，逗留到其他学生都走完，而溜进我的办公室来。

这天她竟然不等到放学，就在下课时间，手里拿着一本作业簿，闯进了我的办公室。"华老师，刚才那个本子，我交错了！该交的是这个本子。"她声气朗朗地说。

我愕然瞪着她，真怕其他几个老师这会儿走进办公室来，不晓得她为啥变得这样肆无忌惮。我把手一指说："你自己换吧。"

她在桌上堆得高高的那叠本子里随便翻了几下，转脸悄声问我："明天赶场，你去不去？"

我摇着头答："不去，要把这些作业批改完。"

"那好，早晨你批改作业，"她爽快地说，"吃过饭，我们到后头坡的青枫林里见，我有要紧事儿跟你说。"

没待我答应，她又一阵风般地跑出了办公室。

我呆痴痴站在办公室中央，猜不透她这么急迫地约我要和我说什么事。

后头坡的青枫林，是雨山屯和岚山屯村民们共有的林子，林子有疏有密，青枫树长得大小不一，有粗壮高大的，也有细细长长的，林子边上，大多还是低低矮矮的树丛。秋天，青枫子成熟结果了，才有农民们到树林里去采集，平时，除了干活路时歇气，几乎没人会到青枫林里去，赶场天，就更没人费力气爬坡到那里去了。

第二天晌午，我出了雨山屯，漫步一般沿着

山路上坡,钻进青杠林子,只见春天的太阳晒得地气发热,林子里弥漫着一股温暖气息,风儿拂来,令人感觉特别舒服。明媚的阳光透过疏疏密密的青杠叶子洒落在地上,一眼望去,林子里一片绿。我心里不由得感慨,吴仁萍真会选地方。

雀儿在啼鸣,蝶儿在飞,那一声一声温存地叫着的布谷鸟,把我的身心都啼得柔柔的。

林子里静极了,我一步一步慢悠悠走进去,四处环顾着,看吴仁萍是不是来了。

"布谷——布谷——布布布谷——"绿叶深处,突然响起了声声轻啼,我不由笑了,这是吴仁萍在学布谷鸟的叫声。这个调皮的姑娘,她早来了。

果真,循声走进一片浓密的林子里,先是看到一只背篼倚着树干放在地上,背篼里割了满满一背篼嫩草。再抬眼四望,我正在诧异,咋个不见她的身影,她已格格格笑着,从背后伸出双手,蒙住了我的眼睛。她的手掌心里,有一股浓郁的草腥味儿。

"我早看见你顺着山路慢摇摇摇走来了。"她说着,把手在我的脸上接连抹了几下,"就你,那么沉得住气。"

我东张西望一番,确信林子里没旁人,这才搂住她,在她的脸上轻轻吻了一下。她就势双手一张扑了上来,险些把我扑倒在地,我勉强稳住身子,抱着她,她的双腿夹住我,居高临下地把脸贴在我的脸上说:"走,抱着我进那边去。"

几棵粗壮的青枫树间,一小块空地上,规规整整地铺展着吴仁萍的一张蜡染围腰。

刚走到围腰旁边,她就拉逮着我倒在围腰上,缠缠绵绵地说:"华老师,白天能见着你,还算好。可到了晚间,一个人睡在床上,就是不能得着你,我就想得慌。"

"我也是一样的。"

"真的,我不想出嫁了呀!"她紧巴在我的身上说，"只想在雨山屯上守着你。"

"我也时常想的，"见她一副恋恋不舍的样子，我说出了自己的心里话，"仁萍，你没听说吗？从今年，也就是一九七三年起，国家连续三年，冻结招工。这就是说，至少在三年之内，我是要在雨山屯待的。"

"三年以后，你还不是要走。"她斜了我一眼。

"哪里呀，三年之后，我更走不脱了。"

"你哄我。"

"你想呀，三年之后，我都过二十五岁了。招工、当营业员，都超过年龄了。还能走啥子？"

"那你，"这一说，吴仁萍当真急了，她坐直身子，一双本来就大大的眼睛，瞪得更大地盯着我，"那你咋个办？就甘心一辈子窝在雨山屯？"

"和你好上以后，我就想了，若是一辈子能在雨山屯的小学校里教书，我也就认了。"我沉吟着说，"你也不要再嫁出去了。"

吴仁萍的双手紧紧扳着我的肩问:"你真愿娶我?"

"愿。我们都好成这样了,我咋能不愿。只要一想到你要去嫁给别个,我就心疼得不是滋味。"

"你真好! 华有运,你会有好运的。"吴仁萍的双眼灼灼地放着光,身子直往我跟前挨,嗲声嗲气地说,"你看呀,好怪的,和你说着话说着话,我就又想了。"

说着,一头扑进我的怀里。

我何曾又不是呢。

只是,我们一次又一次地发生性关系,我真怕她在婚前怀孕。我在她耳边把自己的担心说了。不料她一听,又嗔怪起我来:"你呀,真憨!就不想想,我们已经有多回了,咋个都没怀上?"

"是呀。这是怎么回事?"

"我有办法的。"

"你……有办法?"

"嗯。"

"啥办法?"

"这坡上,有一种草,乡间叫做落胎草。吃了就怀不上。"

"你吃过啦?"

"嗯。"

"那……那你成婚以后,怀不上咋办?"

"哈哈哈,"她笑出声来,"咋会怀不上呢,不吃那种草,就怀上了呀。"

"真的?"

"当然。跟你说,吃过那种草,一停下,还特别容易怀上呢。我的憨包老师,这下你该跟我学了吧。"

她一边说一边把脸又往我跟前挨过来。

我们紧紧地拥抱着,一起倒在铺展着围腰的地上……

地气热烘烘的,树林里拂着轻风,雀鸟在啼

鸣,长一声短一声的,老乡们常说,它们这是在叫春,在呼唤相好的伙伴。有两只蜻蜓,不知怎么也飞进了树林,起先还在追逐,只追逐了一阵,两只蜻蜓就叠在一起,嗡嗡着飞远了。我在吴仁萍睁得大大的眼睛里看到了颤动着的青枫树叶子,看到了树叶子外面高蓝的天空,和空中游动的白云。

吴仁萍的兴奋久久不退,坐起身子以后,还双手搂着我的脖子,她凑在我耳边说:"你觉得么,在林子里比在屋头还好。"

我却觉得慌,总怕万一有人闯进林子看见,她抢白说:"在屋头时,你不也说好欢的嘛。"

她把脑壳一歪,倚在我的肩上说:"我特意约你来,是有要紧的话说。"

我转脸望着她,起先我以为,她所谓和我说要紧的事,就是想单独和我在一起,说浓浓蜜蜜的情话,没想到,她还真沉得住气,把话留到这会儿才说。

"听说了么，上头要把你教书的小学校，由民办转成公办？"

"早说过，不过，我又听说，乡间的耕读小学，好多教师不合格，民办转成公办时，只留下少数合格的。"她一下子说到了我关心的话题，说真的，刚才心血来潮说到在雨山屯教一辈子书，也是基于年前我听过公社学区头头作过一个报告，说县里、地区都有规划，争取在三年时间之内，把所有的民办小学、耕读小学，都转成正规的公办学校，提高山乡里学校的教学质量。

吴仁萍用肯定的语气说："你就是合格的，转成公办时，你准能留下。"

我为她的幼稚感到好笑："这事要由你决定就好了。"

"我咋不能定，我就是有办法定。"

"不要说大话了，这种事啊，县里有人帮着说话，才能管用。"我提醒她说。

不料她移动了一下身子，坐在我的面前，一

本正经地说:"我家舅,你听说过吗?"

"嗯,就是给你提婚事的那个。"

"对啰,他在县里当头头,不是那种大头头,可多少也管点事,他恰巧管得着这个事情。"

我觉得她说到点子上了,嘴里却说:"他又不认识我,也不了解我的情况,凭啥子帮我说话呢。"

"是啊,"无忧无虑的吴仁萍难得地皱起了眉头,沉吟着说,"这些天,我为了这个事,也一直在想,在想,在想……"

"想啥子,说呀。"

"你不是有一对皇帝的玉蛙,放在我那里吗?这是国宝,遍找也不见的,你把它交献给国家,那就是进步的、有觉悟的……这个这个,这个话咋个说,你比我会说啊,至少是表现好、表现突出嘛,你说对不对?"

"对。"我点了一下头,表示明白她说这话的意思。

"到那时，"吴仁萍见我说对，顿时兴奋起来，巴掌舞动着，"我舅再在县里帮你说话，你留在小学校当公办教师，不就是板板上的钉钉，十拿十稳了嘛！啊，你说话呀。"

"这，呃……"我心里认可这是一个绝妙的好主意。只是，总觉得太突然了一些。

吴仁萍顿时变得十分严肃，两眼目不转睛地盯着我："行不行啊？"

我脑壳里头在迅速地打着转转，这样的主意，也只有一心巴在我身上的吴仁萍才能想得出来，她确实是在为我的前途和未来着想。我心里一阵激动，一把搂过她来："好，就照你说的做。"

皇帝的玉蛙捐出去了。

是在春夏之交的农忙假日里，吴仁萍陪着我到县城里去捐的。

那是雨后的下午，在一幢三层的楼房里。

接待我的正是吴仁萍的舅舅和另外一个女同志，他们表扬了我的觉悟和捐献国宝的精神，还代表县革委会郑重其事地当场发给我一张打印的捐献证书和二百元奖金。

他们去打印证书加盖公章时，我简单介绍了得到国宝的经过。这是我和吴仁萍商量好的，就说吴远贤死之后，我去石碉、石堡里玩，在石堡外头的石头缝缝里找到的。为怕县里派人来验证，我和吴仁萍还特意到石堡去了一次，挖翻了几块青岗石，以证明玉蛙就是在那里找到的。

不过我们这是多虑了，县里完全相信我的话，一点也没想到要来验证。

手续全部办完的时候，我倒差点忘了，还是吴仁萍，提及耕读小学校即将转成公办的事，她舅舅接过话头爽快地说：

"没啥子问题。雨山屯小学校转成公办，县里已经定了。像华有运这样的知青，我们是了解的,觉悟高,表现好,本来就在教书,贫下中农和他们的子弟一致反映很好。特别是这次捐献玉蛙,可以说是为国家做出了重大贡献。到秋天开学时,办个手续就行了。放心吧,到九月份,就可以领上第一份教师工资了。"

从县城搭车回雨山屯的路上,我真正高兴得心花怒放。坐在车子上,我转过脸,目不转睛地望着吴仁萍。不是么,我的人生之路就这么定了,我这一辈子的姻缘,也这么定了。

平时泼泼辣辣的吴仁萍都被我瞅得脸绯红绯红,羞涩地低下了脑壳。看得出,她也是由衷地感到欢乐和幸福的。

我硬把二百块钱的奖金塞给吴仁萍,告诉她,这是给她退婚用的。在乡间说婚事,女方收人家男方的钱是常事,不够的话,再想法凑。她推搡了好久,终究拗不过我,还是收下了。

事情的发展,真像我们原先盘算的那样,五

六月份,县里面的教育革命领导小组、学区里的头头,到雨山屯小学校来考察了一番。正式定下来,小学校从九月份开始改为公办小学。多年来兼任小学校长的大队党支书兼革委会主任吴仁铭,不再当校长。

新校长等九月份开学时重新任命。

学校里原有的四位教师,除了我之外,年过五十的那个老汉和仅有小学文凭的那个民兵连长夫人,退回生产队劳动,另一个人还年轻,也有中学文凭的,需到县里面进修三个月回来再教书。

下学期开学时,由学区另外再调派三个具有正规资格的教师来执教。

我愈加心安了,只等吴仁萍退了婚,就能和她公开我们之间如火如荼的恋情。然后考虑我们的婚期。

仿佛一切都顺理成章地发展着,暑期放假前,吴仁萍在小学校拿到了她的小学毕业证书,那证书上,还是我代签的名字。

她在我的名字上摸了好久,歪着脑壳悄声对我说:"过不多久,退成了婚,我们的名字就可以写在一起,扯结婚证了。"

我向她露出会心的微笑。

就在我们私下怀着虔诚的心愿憧憬着未来时,形势突然急转直下,把我们人生的计划全都打乱了。

一九七二年,"文化大革命"进行到第七个年头,北京、上海和各地的省会城市,恢复了大学招生,实行的是一套教育革命的措施,主要由推荐考察相结合来录取学生。还有一个十六字令的口诀:"自愿报名,群众推荐,领导评议,学校复审"。

头一年,招生的学校少,名额紧。我们全县,只有两个先进知青被推荐上去,结果还只录取了一个。简直是凤毛麟角,一般的知识青年,哪有入学的希望啊。

谁曾想到,仅仅只过去了一年,这恢复办学的事宜一下子在全国推开了。远的不说,光是我们县所在的安城地区,原先为所属十六个县培养人才的财校、商校、农校、卫校、师范、林校六大中等专业学校,都要恢复招生,而且招生的主要对象,就是上山下乡三年以上的知识青年。尤其是师范学校,开宗明义地写明了,招生首选:外省来的上山下乡知识青年,和已经在乡村耕读小学任教的老师。

　　那些天,知识青年们的心都野了,赶场一到街子上,聚在一起,讲的就是这件事。哪里还有出工的心思啊。

　　招办的老师们一到公社,我去报了名,那个五十多岁,满头银霜,自称她也刚从"五七"干校回到教学岗位上来的老师,看了我的登记表,以肯定的语气对我说:"你既是上海知青,又在雨山屯教书,优先条件你占了两条,正是我们师范最迫切需要招的学生,回去休息休息,一收到通知,就去学校报到,来读书吧!"

怎么会是这样,怎么可能是这样!我愣在那里,激动得一句话也讲不出来。要晓得,两年前,一个矿山来招工,事前讲明,招的是下矿井掌子面第一线干活的工人,赶去报名的知青,一个个使劲地对招工的干部赔笑脸、请吃饭、套近乎,到了晚上还提着礼物去巴结人家。现在竟……

可事情就是这样。人的运气来的时候,你挡也挡不住。我去上学以后,才知道,对我说话的老太太是师范学校的教导主任,早在我们去报名之前,她已经在县知青办把近几年在耕读小学教书的知青名单抄下来了。

这一次招生,可以说是对尚留在乡下的知青的一个重大举措。只要是没有结婚,没被判刑,没受过处分,又还留在村寨上劳动的知识青年,都被地区的六大中专招走了。

离开雨山屯的前几天,吴仁萍哭得像个泪

人儿,在寨邻乡亲们面前,她一点儿也不再顾忌对我的感情了。天天都往雨山屯学校跑。学校放假了,没什么人去,她趴在我的胸前,把我的衬衣都哭湿了。

她跺着脚说,舍不得我走,舍不得和我分离,她要跟着我去,在学校附近租一间房子住,给我煮饭、洗衣衫,等着我把书读完。

连她都晓得,这是一时冲动的情话、痴话、疯话,不可能的。分别的日子一天天的近了,马上到了八月三十、三十一两天报到的日子,知青点上收到录取通知的伙伴们都在理东西,几间房子里乱哄哄的。我没多少东西可理,除了把铺盖打包,把换洗衣裳装进箱子托运,随身再提一个小包之外,余下的所有东西,我都留给了吴仁萍。

我对她说,只读两年书,毕业以后,我还会回到雨山屯来教书,到那个时候,她肯定退成了婚,我们再操办喜事。两年,她只要等我两年,连头搭尾不过两年。

她双眼噙满了泪,嘴里说着"嗯",朝着我郑重地点头,答应得是那么庄重。我心里,确实也是这么想的。

三十一日那天,她送我上街搭班车。

我上了班车,透过车窗望下去的时候,她哭歪了身子,泪流满面,一手支着随身带的背篼,一手伸出来。看见班车开了,她的手伸得直直的,终于"哇"地哭出声来,身子往前走了两步,背篼倒了……

当了四年半的知青,在广阔天地里滚了一身泥巴,突然又回到学校里,做了大年龄的中专生,我还是能静下心来读书。这大概是在雨山屯教了两年书的关系吧。

住学生宿舍,开箱子整理东西的时候,我时常会看见县里面发给我的那一张捐献证书。一见那页证书,我就会想起那一对皇帝的玉蛙。

有几次，同学们在一起聊天，我几乎就要脱口而出，讲讲这对玉蛙传奇般的故事了。可往往话到嘴边，我就想起了吴远贤对我的叮嘱和告诫，怕惹来祸事，我就沉默了。

我的心头是坦然的，它是国宝，我把它捐给了国家。它回到了它最该去的地方。

尽管我捐它时是怀着私心的，可它的归宿却是好的。

一年多以后的初冬时节，我在安城市中心的百货大楼门前，碰到了雨山屯上的一个老乡，他坐着卡车要到威宁、毕节那一带去串换洋芋种子，路经安城，下车吃饭。他告诉我，吴仁萍出嫁了，嫁的还是县城附近城关镇朗巴寨上的那户人家，她舅舅保的媒。

不知为什么，听到这一消息，我并没有痛苦，也不觉得难受，连一点遗憾也没有。反而觉得如释重负一般的轻松。刚入学那阵子，我还时常想起她来，几次冲动地要给她写信，但想到开学报到后写去的头一封信，始终没接到回信，写信的念头也就作罢了。她就是读了信，也是不会写回信的。她原先谈婚论嫁的信，不也是要托我替她写嘛。这会儿，她去托谁呀？每每想到这，我真懊悔当时没教会她写信，教会她用文字表达心中的感情。细想起来，事情之所以会发展成这样，原因只有一个，那就是我们当时两厢情愿的所谓爱情，更多的是肉欲上的。我们相互之间都有好感，都觉得需要，这才是真的。而在精神上，我们几乎从来没有真正地交流过。

两年以后，我毕业了。就分配在安城市郊的一所中学里教高中，天哪，我自己是初中毕业生，不过补读了两年中专，竟然教上高中了。但我还真的教下来了，年年都评上了优秀。只是自己想想不好意思，我一边教书，一边又自学了大学课程，把一张大学文凭读出来了。遂而，我就被调进安城市内的一所省重点高中，一直教书到今天。

　　当然,我成了家,娶的是安城市农业局里的一个会计。她是安城当地人,也下过乡,就在市郊农村。我们有了一个女儿,乖乖的。小小的三口之家,在安城这么个二十多万人口的小城市里,过着平静安然的生活。

　　我可以透露一个小小的秘密,我今天的这个妻子,也有一双大大的眼睛,那扑闪扑闪眨巴眼睛的样子,有几分像吴仁萍。但我从来没跟她讲起过吴仁萍的故事。

　　二十世纪九十年代初期,全国许多地方都兴起了县改市的热潮。我插队的那个县,也被批准改为市了。嗬,这可是一件大事,原先的县长,现在都被尊称为市长了。

　　可能因为我在安城的省重点中学教毕业班,都说只要进了我们这所中学,就算一只脚跨进了大学校门。安城所属各个县市的干部和中学生,把我们学校看得可神圣了。大概正是这个原因吧,我竟然也收到了一张县改市庆典活动的请柬。

我决定要去参加这次活动,不是要去凑热闹。而是附在请柬后面的介绍中写道:要给新建的市图书馆和博物馆剪彩。图书馆内有珍藏古书若干,博物馆也将在庆典之际,展出珍贵的平时难得一见的藏品。

我想起那对皇帝的玉蛙,在这样一个全市欢庆的时刻,博物馆定会将其作为展品展出的。我也像一个久别重逢的老朋友一样,要去会会它。

内心深处,我还有一个不大不小的愿望,吴仁萍不就嫁在城关镇朗巴寨乡间嘛,有空,我还真想去见见她呢! 不知她婚后的日子,过得是否如愿。

我是庆典的头天下午到达县城的。这是我故意算好的时间,我就是想找到城关镇附近种蔬菜的那个村寨朗巴去。

"朗巴啊,朗巴现在才不种蔬菜呢!"走在街上,我向一个当地老汉打听,老汉当即笑了起来,"你自家去看嘛,二里多地,一会儿就走到了,就在路边边上。发得很呢。"

我猜不透指路的老汉所说的"发得很"是什么意思,大约是指富裕起来了吧。

走了十来分钟,我就明白了老汉说的是什么意思。

远远地望去,朗巴寨子一色青砖的楼房,两层楼的居多,还有不多的几幢三层小楼。让人惊奇的是,不少楼房都贴着醒目的外墙砖,漂亮极了。通往寨子去的路两边,商铺一个接一个,夹杂着做生意的小摊。商铺和小摊上卖的,全是当地农民的石雕工艺品。你别说,乍一眼望去,活灵活现,形神兼备,还真有点吸引人呢。

快走近寨子了,我装作想买石雕,问一个小老板,寨子上的吴仁萍,住在哪里?

"吴仁萍家啊,好找!"小老板一听,抬手指

124

着寨子中央一幢三层的小楼说，"就是那一家，看到了吗，房子建得最漂亮的。"

我顺着他手指的方向望去，点点头问："她那丈夫高自兴，是这一带有名的石雕艺人？"

"你说到哪里去了，"小老板不屑地说，"他懂啥子石雕。一个种菜的。"

"那他家，凭啥子盖这么漂亮的楼房？"

"你没听说啊，全城都传遍了。他们家发了，好像是在坡上挖到了金鸭子，卖出了几十万块钱。"

"噢，那我去会会他们，会会他们。"

"去吧，最好走了，对直去就行。"

我道过谢，对直朝着寨子中间的那根道，慢慢走去。

在夕阳的映照下，那幢小楼泛着光泽。小楼的尖顶，屋瓦，阳台，栏杆，式样全是仿别墅造的，鹤立鸡群般耸立在寨子当中。小楼的阳台上，安装着一个当地老百姓称作大碗的卫星电视接收器,赶得上时代的步伐哩。这一切,和它周围那些带一点土气的楼房相比,有着大大的不同。

莫非,他们家还真碰上了好运?

我走进寨子,突然兴致全无,不想去见吴仁萍了。见她干什么呢?重温旧梦,或是感叹一番。还是……人家现在生活得很好,有丈夫、有孩子,发了大财,还盖起了堂皇气派的别墅式小楼。

我呢,一个教书匠。

我拐进一条小巷子,随便转了转,退出寨子,回到县城庆典接待办专为教师安排的教委招待所。

第二天,隆重热烈的庆典仪式中,我走进了新建的博物馆,在二层陈列室一个上锁的玻璃柜中,我如愿以偿地看到了那一对国宝:皇帝的玉蛙。两只玉蛙被置放在厚厚的黑丝绒上,栩栩如生地瞪视着每一位参观者。

讲解员没有道出它的来历,旁边的注释铜牌上也没有说明它是皇帝的玉蛙。只注明这是明朝开国年间的玉器,乃国宝。当然更不会说这是我捐献的。但是讲解员说了,这只玻璃柜子是特制的,如若有人偷盗,它会发出报警的锐叫声。

我来参加插队落户的第二故乡县改市庆典的主要目的已经达到,对于其他的参观、游览、宴请,兴趣也就不大了。

当天下午,我就踏上了归程。

一九九九年春天,一帮在省城里工作的知识青年,发起了知识青年上山下乡三十周年纪念活动,给我也发了邀请。我知道这是那些今天手里多少有点权的知青们发起的,他们有的当了处长、副处长,有的升任了局级干部,有的成了教授,自觉有了炫耀和风光的本钱。那些下了岗的、待退休的、生活得不那么滋润的知青,是不会想到什么聚会的。

我已当上了安城第一中学的副校长,级别虽不高,但却是全省名校,走到哪儿人们都要刮目相看的。自觉并不气馁,于是也赶了去。

省城里的那些老知青,大概是预感到这是我们有生之年最重大的一次纪念活动,动用了所有的关系,把活动安排得十分到位。是啊,就像到会的知青说的,到四十周年的时候,我们都退下来了,还聚个啥子会啊。

聚会在一个二星级的宾馆里举行,比一般的招待所强多了。最主要的,是这个宾馆在省城市中心,交通便利,可以让那些现在还生活在地区、州里、县城的老知青,聚会之余,去逛逛街,办些私事。

我是到得早的,报到之后,领了花名册,在客房里住下来,我随便翻了翻,里头熟悉的朋友不多,有的听说过名字,没有见过。大多数还不认识。我放下花名册,没什么事可做,就信步走出客房,到走廊一侧的服务台这边来。服务员告诉我,宾馆附近,新建了一个庞大的花鸟市场,里面要什么有什么,陶器瓷器,琴棋书画,文物古董,金银首饰,珍珠宝贝,应有尽有,是省城市民双休日的必逛之地,也是外省观光旅游客人的一个热门景点,可以去看看的。

我对此本没有多少兴趣,闲来无事,不妨就去看看吧。

进了花鸟市场,那里头确实大,一家家商铺里的东西,真是什么都有。令我惊讶的,还不是琳琅满目的商品,而是在里头转来转去的人,有省城的,有本省的,还有一望而知、一听口音就晓得是外省的游客。更让我吃惊的是,还有很多老外。

这种景观是我在小小的安城看不到的。

我不想买什么东西,一路浏览般看来,走过玉石珠宝柜台,我的眼睛陡地一亮。我站停下来,定睛望去,哦,我几乎不敢相信自己的眼睛,在一堆石雕牛、玉雕牛的后面,我看到了一只玉蛙,简直就像是皇帝的玉蛙！和曾经过我的手捐献给县里的玉蛙十分相像。

都说现在而今眼目下,造假造得极其逼真。在这只玉蛙跟前,我愈加觉得这话没错了。

我敛神屏息地盯着那只玉蛙,只觉得越看越像,双脚似钉住了一般,不肯移动了,连气都喘得有点急了。

"老板想买点啥子?"商铺里转出一个三十几岁的瘦子,谄媚地笑着问我。

我倒吸了一口气,镇定着自己,指了指那只玉蛙,轻描淡写地问:"这东西多少钱?"

瘦子的目光在玉蛙上停留了片刻,问:"老板真想买?"

"造型很逼真的,"我点头轻描淡写地说,"想买回去当个镇纸啥的,这东西不难看,放在桌面上欣赏欣赏,也蛮有味的。"

"老板的眼力不差啊。"

"哪里,我只是觉得看着顺眼。"

"老板真想买?"

"我不是开玩笑。"我也是当真的,"只要你的价格相应。"

"相应点就出四万块钱。"

"太贵了,"我尽力克制着心中的愕然,嘴里还在跟他砍价,"实话跟你说,你这不就是一个仿制品嘛!"

"仿制品?"瘦子拖长了声气叫起来,"你再仔细看看,我这玉蛙是道道地地的真品。"

我笑了:"是真品啊。真品,我就更想买了,不要含糊,你说一个实价。"

"实价就是三万。少一分钱我也不卖了。"

"再不能少点了?"

"不少。"

我伸手把玉蛙拿起放在自己巴掌心里,用指尖轻柔地探摸着。一拿到手里,手感的直觉告诉我,这就是吴远贤交给我的玉蛙,绝对不会错。

我内心的震惊难于言表,捐献给国家的玉蛙,咋个会流落到这个地方来的呢?

表面上,我仍装出一副平静的样子。细细地观赏了一阵,我把玉蛙小心翼翼地放回原处。又把商铺里的其他玉石珠宝看了个遍,想寻找到另外那只玉蛙,可就是没见。

瘦子的目光一直追随着我,从我的手上移到我的脸上,终于忍不住问:"要不要啊?老板。"

"另外那一只呢? 这对玉蛙,要成双才好哩。"

"哈,"瘦子冷笑一声,提高了嗓门道,"实话告诉你,老板,要有另外那一只啊,我就不喊三万的价了。"

"你要喊多少?"

"三十万、五十万……"

"那么贵啊!"

"我都不给。"瘦子斩钉截铁地一挥手说。

"你吹得这么凶,它会不会叫啊?"

"叫。"瘦子的声气低弱了一些,脸上的神情十分复杂,似肯定,又像在犹豫,还带点自问,底气不足的样子。眼珠子骨碌碌地直转,眼角还不时地也斜着我。

"好,那你去打盆水来。它要真会叫,三万块钱,我今天豁出去买了。"我咬了咬牙说,其实我身上没揣这么多现金,我只是满腹狐疑。

"行,你等着,我这就到里面去打水。"瘦子的神态顿时变得谦恭起来。他从货柜上拿起那只玉蛙,转身走进商铺里去。

我丝毫没有感觉到什么不对,安心地站在柜台外头等着,打一盆水需要多少时间呢,但是十分钟过去了,瘦子没有出现。半个小时过去了,瘦子还是没有出现。

我朝着商铺里头张望,里头没啥子动静。我的心在往下沉,正想离开时,一个利索的中年妇女走到柜台前对我说："先生，玉蛙不卖了。老板打来手机，喊我替他把商铺关了。你走吧。"

说着，不等我说话，她当着我的面使劲一逮，商铺的卷帘门"哗"一声在我跟前关上了。

我哪里还有心思参加什么纪念活动，我要知道博物馆里陈列着的那对玉蛙有没有失窃，我要明白在花鸟市场看到的那只玉蛙究竟是真是假。为什么当我要试一下它会不会叫时，那个瘦子就消失得无影无踪了。难道他是怕假玉蛙被我识破，就是我识破了又有什么关系，这种地方卖假货还少吗？或是瘦子另有隐衷……

我突然想起刚才看到的花名册上有一个知青是省博物馆的副馆长，是的，我必须尽快地认识他，把这一切告诉他，让他来帮我一起解疑释惑，赶回宾馆的路上，我拿定了主意。

晚餐后，当我把一切向刚认识的副馆长和

盘托出的时候,敦实憨厚相的副馆长脸上严峻的神态告诉我,他感觉到的事态比我想象的还要严重。

他当即拿起电话联系工商局和公安局,让他们尽快赶到宾馆,会同省博的专家一起,到花鸟市场查找那家商铺的主人。

在等待他们赶来时,他又用手机拨通了我插队那个县(现在称作市)博物馆的馆长,询问馆内陈列的那一对玉蛙还在不在。当听说那对玉蛙还好好地陈列在那里时,副馆长瞅了我一眼,说了一句:"现在我们先全力查获花鸟市场这一头。"

说话间,省博物馆的古玉石专家、工商局、公安局派来的人都到了。我随他们一起来到花鸟市场的那家商铺,那家白天还满是各式商品的商铺里已是空空如也,什么都没了。

旁边没打烊的几家商铺说,我走后不久,来了好几个小青年,在一个时髦女性的指挥下,把所有的商品都装箱搬走了。

这家商铺的雇主也已被查到，他是一个年老体弱的书画商，几个月前，因身体不好，把商铺转租给了瘦子。他只知道瘦子叫老尚，按月如期交转租费，还算守信用的。

其他一概不知。

省城里，哪儿都没见老尚的踪影。

我沮丧至极。兴师动众，扑了一场空。副馆长却是信心十足，他说一定要把事情弄个水落石出。打发走了所有的人之后，他把我约进他的客房里，劈头就说："你没有错。"

望着副馆长敦敦实实的身架子，憨厚的圆圆的脸，我深为感动。

副馆长接着说："现在我们要搞清楚的是，你捐献给县博物馆的那两只玉蛙，是真还是假？"

我拍着胸脯说："那绝对是真的，不会假。我试过，它们在水里都会游、会叫，妙极了。"

副馆长拍着我的肩膀说："我完全相信你的话。不过，货柜上看到的那只，你不也肯定地说是真的嘛！时间，时间毕竟过去快三十年了呀。"

副馆长意味深长的话，可以说是一针见血，我哑口无言了。

根据副馆长的意思，我当夜就给妻子打去了电话，让她把当年县里发给我的那张盖了大红公章的捐献证书找出来，连夜给我传真到下榻的宾馆。然后把真件收藏好。

收到传真，我复印了一份，拿给副馆长看。副馆长说了一声，兵贵神速，连夜开好有关证明，办好手续，忙到半夜才歇下来。

第二天一早，我们俩就坐上省博的车，往县博物馆赶去。

县博物馆做好了一切准备工作。

遵照副馆长的意思，他们连夜找到朗巴，把

当年陪同我一起到县城捐献玉蛙的吴仁萍也约来了。第一眼看到她,我已经不认识她了,她变成了一个胖胖的中年妇女,我这样说是客气的,实事求是地说,她完全变成了一个肥婆,胖得人都变了形。就是性格没变,一眼见到我,她就惊喜地叫:"华有运,华老师,你不认识我了!我是吴仁萍呀,看,胖成啥了。哈哈哈。"

县博物馆的人还对省博的副馆长说:吴仁萍的舅舅、舅妈先后已去世,他们的子女对这事儿不晓得,所以没有约。

直到这时候,我才第一次晓得,当年接受我捐献玉蛙的是两口子。我不由瞟了吴仁萍一眼。

县博物馆用两只大大的铜盆盛满了清水,当着众人的面,警卫关闭了警灯,用钥匙打开了陈列柜,把那两只皇帝的玉蛙,诚惶诚恐、小小心心地放进了水中。

我瞪大了眼睛盯着水中,两只玉蛙既没游动,更没叫唤出声,没等县博工作人员的手离开水面,两只玉蛙已经沉到了水底。

我惊慌地骇然大叫起来:"它们怎么不会游了?它们怎么不会叫了?它们怎么变成假的啦?啊!"

县博物馆大厅里回响着我失态的叫声,继而沉寂下来、沉寂下来。

众人都面面相觑,哪个也没有说话。

弄清了喊她来的真相,面对一个个的问题,吴仁萍脸色发白,完全是茫然无知地望着我,只转着脑壳说了一句话:"我没见过它们游,也没听它们叫过啊。华老师,你说对吗?那时,我都是听你说的呀。"

经历过这一切,我和省博的副馆长交上了朋友。从那以后,一晃三年多又过去了,每次见面或是通话,他都要告诉我,自从我那一次在省城的花鸟市场见到过那一只皇帝的玉蛙之后,在国内外大大小小文物市场和拍卖场上,再没见过玉蛙露面。若是看见了,就是花几百万、几千万买下来,也是值的。因为就是在今天,高科技发达到如此地步,也再没人雕得出这样的玉蛙了。

　　像传说中的皇帝的宝剑一样,这两只神奇到极致的玉蛙,也仿佛从人间蒸发了。

　　它们还会出现吗?